Une passion inattendue

Barbara Cartland est une romancière anglaise dont la réputation n'est plus à faire.

Plus de trois cents romans variés et passionnants mêlent aventures et amour.

Les Éditions J'ai Lu *en ont déjà publié plus d'une centaine que vous retrouverez dans le catalogue gratuit disponible chez tous les libraires.*

Barbara Cartland

Une passion inattendue

traduit de l'anglais par Renée DUCHÊNE

Éditions J'ai lu

Ce roman a paru sous le titre original :

LIES FOR LOVE

NOTE DE L'AUTEUR

Au début du XIXe siècle, les peines sanctionnant le vol sous toutes ses formes étaient extrêmement sévères. On pouvait être pendu pour « avoir été pris à voler dans une boutique, un entrepôt, ou encore une écurie pour l'équivalent de cinq shillings (1) ».

Le braconnage d'un lièvre ou d'un faisan entraînait la déportation – si la sentence était clémente – à bord d'un navire de bagnards, vers la Nouvelle-Galles du Sud (2) pour une durée de sept ans.

Les prisons ressemblaient à d'immondes abattoirs; la police y était insuffisante, mal organisée et fort mal payée, d'où de nombreux cas de corruption.

Un jeune garçon arrêté pour un menu larcin pouvait être incarcéré, fouetté, puis relâché sans un centime en poche.

Malgré la création en 1817 de Comités d'élite qui adressèrent au Parlement de nombreuses pétitions, la Loi de Réforme n'intervint qu'après bien des années.

(1) Shilling : vingtième d'une livre sterling.

(2) Région sud-est de l'Australie où se trouvent les ports de Sydney et Melbourne, à l'origine centres de relégation des bagnards.

1

– Henry, cesse de donner des coups de pied à Lucy et mange ton porridge! s'écria Carmela.

– Non et non!

Henry était un gros garçon d'environ sept ans et, de l'avis de Carmela, absolument odieux.

Comme pour justifier cette opinion, il frappa à nouveau sa sœur qui se mit à pleurer.

– Cessez immédiatement, m'entendez-vous? répéta Carmela sévèrement, mais en vain.

Henry saisit son bol de porridge et, d'un air narquois, le retourna sur la nappe.

Au même instant le bébé, réveillé par les pleurs de Lucy, se mit à hurler dans son berceau.

Découragée, Carmela ne put que constater une nouvelle fois son impuissance face à ces garnements. « Les enfants du Révérend [1] sont vraiment les plus mal élevés et les plus insupportables de tout le village », se dit-elle pour la centième fois au moins depuis son arrivée au presbytère.

Ignorant les taquineries d'Henry et les pleurnicheries de Lucy, elle alla prendre le bébé et se mit à le bercer.

(1) Il s'agit d'un ecclésiastique de l'église anglicane, donc admis à se marier comme un pasteur protestant.

Brusquement, la porte s'ouvrit et l'épouse du prêtre apparut dans l'entrebâillement :

– Ne pourriez-vous faire tenir ces enfants tranquilles? Vous savez bien que le Révérend essaie d'écrire son sermon pour demain!

– Je suis navrée, Mrs Cooper, s'excusa Carmela.

Sans attendre de réponse, la maîtresse de maison claqua bruyamment la porte et le tapage reprit de plus belle.

Henry attendit le départ de sa mère et se mit à crier :

– Je veux mon œuf!

– Seulement après avoir avalé ton porridge, répliqua Carmela.

Elle savait pourtant le combat perdu d'avance. Comme il fallait s'y attendre, Henry profita de ce qu'elle avait le dos tourné pour s'emparer d'un œuf et l'avaler gloutonnement.

« Jamais je ne parviendrai à l'éduquer, songea Carmela démoralisée. Cette tâche est trop lourde pour moi, je l'ai su dès mon arrivée au presbytère. »

Déjà tout petit, Henry s'était montré un enfant difficile. La démission de ses parents, qui le laissaient agir à sa guise, n'avait pas arrangé son caractère; d'un naturel méchant, il écartait les autres ou les écrasait pour obtenir ce qu'il voulait.

Parfois, le soir, lorsqu'elle se couchait, Carmela se sentait trop épuisée pour pleurer et envisager les années à venir. Comment éduquer Henry alors qu'elle n'avait aucune autorité sur lui?

A la mort de son père, elle s'était mise à la recherche d'un emploi, et quand Mrs Cooper lui avait suggéré de venir au presbytère, elle avait cru trouver la solution à son problème.

Au moins ces gens n'étaient pas des inconnus et ne lui faisaient pas peur. Car Carmela redoutait la solitude et craignait de se retrouver dans un monde hostile, étranger, et surtout de se montrer incapable de subvenir à ses besoins. Son entourage l'avait toujours jugée très intelligente, mais gagner sa vie était tout autre chose.

Son père ne lui avait pas montré un brillant exemple en la matière : il avait tenté de vendre ses tableaux, mais sans succès. Parfois il recevait, pour le portrait de quelque personnalité locale, ce qui semblait à Carmela et à sa mère une grosse somme ; mais les toiles qu'il prenait vraiment plaisir à peindre étaient toujours « trop belles pour être vendues ».

C'est ainsi que sa mère, un jour, les avait qualifiées et tous trois en avaient alors bien ri ! Carmela, malgré son jeune âge, avait saisi le double sens de la boutade et savait pourquoi les toiles de son père se vendaient mal.

Il peignait le brouillard de l'aube sur un ruisseau, ou le déclin du soleil au loin derrière les collines de façon si admirable qu'en contemplant ces œuvres elle se sentait transportée dans un monde mystique qu'eux seuls connaissaient.

Déjà toute petite, lorsque son père lui racontait des histoires de fées, d'elfes et de nymphes, il lui avait ouvert les portes de son univers secret, où tout était beauté et merveilles insondables.

Ainsi, les jolies peintures de Peregrine Lyndon séjournaient dans la galerie du marchand de tableaux jusqu'à ce qu'on les renvoie comme invendables.

La mère de Carmela mourut la première et il entra dès lors bien peu d'argent dans la petite maison où ils vivaient, en bordure du village. Lyndon ne parvenait à adoucir son chagrin qu'en peignant les sujets qui l'inspiraient et il ne voulut plus faire les portraits des magistrats du bourg voisin et des hobereaux de la région.

Il était si bel homme, un « parfait gentleman », que les gens du village estimaient flatteur qu'il accepte de les peindre. Hélas, peu de gens à Huntingdon pouvaient s'offrir un tel luxe, et les commandes se faisaient rares.

Sa maison était pleine des tableaux qu'il aimait. Après la mort de sa mère, lorsque Carmela, le soir venu, demandait au peintre où en était son travail, elle découvrait assez souvent qu'il avait entièrement nettoyé la toile et, toujours insatisfait, recommençait autre chose.

– Je pense toujours à ta mère, lorsque je vois le soleil se lever au-dessus de l'horizon, disait-il fréquemment.

Il entendait que chaque tableau soit parfait, et il pouvait recommencer cent fois la même scène sans jamais obtenir le résultat escompté. Aussi Carmela, pour préserver de la destruction les toiles qu'elle aimait, les dissimulait dans sa chambre et pouvait ainsi les admirer lorsqu'elle se trouvait seule.

Son père à son tour était mort l'hiver précédent; il avait contracté une pneumonie en passant une nuit, assis dehors, dans le froid et le gel pour peindre les étoiles. Carmela était restée seule au monde, ne possédant que les toiles invendables de son père et le peu d'argent qu'elle avait pu tirer de la vente du mobilier. La maison ne lui appartenait pas et même le loyer était trop élevé.

Au moment où, plongée dans un profond désespoir par la mort de son père qu'elle avait tendrement aimé, elle avait eu la proposition de venir travailler au presbytère, cette offre lui avait paru une lueur dans les ténèbres.

Ce ne fut qu'après son installation dans cette

demeure hideuse, lorsqu'elle se trouva confrontée aux enfants odieux de l'ecclésiastique, qu'elle comprit dans quel malheureux piège elle s'était jetée.

Mais que faire d'autre? Le presbytère lui offrait un toit et une nourriture qu'elle aurait été bien incapable de se payer.

Avec un certain embarras, Mrs Cooper lui avait proposé dix livres par an pour son travail et Carmela, ignorant totalement si cette offre était généreuse ou non, l'avait acceptée avec reconnaissance.

Mais elle pensait maintenant avec amertume qu'il valait mieux mourir de faim qu'éduquer de tels enfants, lesquels ne savaient que répondre avec grossièreté et méchanceté.

Carmela avait toujours cru que toute personne douée d'un peu d'intelligence pouvait communiquer avec d'autres êtres, quelque primitifs ou difficiles qu'ils fussent. Elle avait souvent parlé avec son père des missionnaires qui, dans des contrées habitées par des sauvages, parvenaient parfois à gagner leur confiance sans connaître un mot de leur langue.

– Hommes et femmes devraient pouvoir communiquer entre eux à la façon des animaux, affirmait Peregrine Lyndon.

Il était lui-même certain qu'il existait de par le monde des personnes susceptibles de comprendre ses toiles, fruits de son esprit et de son cœur.

– Vous êtes en avance sur votre temps, papa, lui disait Carmela. De nos jours, les artistes s'appliquent à rendre exactement ce qu'ils voient. Jadis, des hommes comme Boticelli ou Michel-Ange peignaient d'après leur imagination, et c'est précisément ce que vous essayez de faire.

– Je me sens flatté de me retrouver grâce à toi en si bonne compagnie! répondait son père avec un sourire. Mais tu as raison, je préfère mettre sur la toile ce que je pense et ressens plutôt que la réalité qui m'entoure et, du moment que toi et moi le comprenons, qu'importe les autres!

– Bien sûr, qu'importe! avait répondu Carmela.

Toutefois, l'imagination ne payait ni le boucher ni le boulanger, et leur propriétaire n'acceptait pas davantage de monnaie « imaginaire ».

Les cris du bébé cessèrent et Carmela sortit de sa rêverie.

Elle le recoucha doucement dans son berceau. « Comme il est mignon, mais en grandissant il ne tardera pas à devenir semblable à son frère et sa sœur », songea-t-elle en le contemplant dans son sommeil.

Un cri de Lucy la fit se tourner vers la table.

– Henry est en train de manger mon œuf! Arrêtez-le, miss Lyndon!

Henry avait attaqué un second œuf, celui de Lucy, et l'avalait aussi vite qu'il le pouvait, tout en défiant sa sœur de ses petits yeux porcins.

– Ne t'inquiète pas, Lucy, dit Carmela à la petite fille, tu mangeras le mien.

– C'est le mien que je veux, il est brun! hurla Lucy. Je déteste Henry, je le hais! Il me prend toujours mes affaires!

Carmela regarda Henry et se sentit, elle aussi, envahie par la haine.

Sur la table devant lui, le porridge dégoulinait du bol renversé, la coquille vide du premier œuf était tombée du coquetier, et le contenu du second se répandait sur la nappe. Dans sa hâte de l'engloutir, Henry maculait également la chemise blanche que Carmela avait passé tant de temps, la veille, à laver et à repasser.

Sans un mot, elle posa son œuf devant Lucy, en ôta le chapeau et mit une cuillère propre dans la main de la fillette.

– Je veux un œuf brun... un œuf brun! cria Lucy à tue-tête. Les blancs, j'en veux pas!

– Mais ils ont le même goût, fit Carmela en tentant de la consoler.

– Vous êtes une menteuse, dit grossièrement Henry.

– C'est vrai! Vous êtes une menteuse! lui fit écho Lucy, oubliant sa rancœur contre son frère et heureuse de trouver un allié contre l'ennemie commune. Les œufs bruns ont un goût différent des blancs! J'en veux un brun!

Carmela poussa un soupir et s'installa à la table.

Elle emplit sa tasse d'un thé bon marché au goût peu agréable, le seul qu'on bût au presbytère, et se coupa une tranche de pain rassis.

Lucy continuait de réclamer et brusquement, dans sa colère croissante, elle balaya, de la main, l'œuf placé devant elle, qui alla s'écraser sur la théière.

Le contenu jaillit dans toutes les directions et Carmela en reçut une bonne partie sur la main.

Elle allait ouvrir la bouche pour gronder Lucy mais soudain c'en fut trop! Les larmes lui vinrent aux yeux; comme elle luttait pour se maîtriser, la porte s'ouvrit. Elle se raidit, sûre d'entendre la voix maussade de Mrs Cooper lui enjoignant de faire tenir les enfants tranquilles, ou même le Révérend venant les gronder, ce qui ne manquait jamais d'aggraver les choses.

Mais quelqu'un était entré dans la pièce sans dire mot; Carmela tourna la tête et resta muette de stupéfaction.

Debout sur le seuil, faisant paraître la nursery encore plus inhospitalière qu'à l'ordinaire, se dessinait une adorable silhouette.

Elle portait un bonnet garni de fleurs et une robe

à taille haute en mousseline brodée et ornée de nœuds de ruban mauve. Son visage séduisant, ses grands yeux bleus, ainsi que sa bouche rouge souriaient à Carmela.

– Hello, Carmela!

– Félicité!

Carmela bondit et courut à la porte embrasser la nouvelle venue.

Lady Félicité Gale était sa meilleure amie et, en dehors des périodes où elle séjournait chez des parents en province, les deux jeunes filles étaient inséparables.

– Quand êtes-vous revenue? demanda Carmela. J'étais si impatiente de vous... revoir!

Carmela balbutiait d'émotion et lady Félicité l'embrassa tendrement tout en répondant :

– Je suis rentrée la nuit dernière. Quand on m'a appris que vous étiez installée au presbytère, d'abord je ne l'ai pas cru!

– Je n'avais pas d'endroit où aller après la mort de papa.

– Oh, j'ignorais la mort de votre père! Carmela, je suis vraiment navrée!

Carmela ne répondit pas et ses yeux s'emplirent de larmes. Elle avait certes du courage, mais lorsqu'on lui parlait de son père, elle se sentait submergée de chagrin.

– Me voici de retour, maintenant, dit lady Félicité. J'ai besoin de vous et tout de suite, Carmela!

– C'est que... je travaille... ici.

Lady Félicité jeta un coup d'œil sur la table et sur les enfants bouche bée devant elle.

– J'ai bien mieux à vous proposer que de veiller sur ces petits monstres, dit-elle. Je me souviens d'Henry : c'est lui qui, à l'église, crachait et faisait des grimaces derrière le dos de son père.

Carmela ne put s'empêcher de rire.

– Qui êtes-vous? demanda Lucy, furieuse de ne plus se sentir le centre de l'attention générale.

– Quelqu'un qui va emmener loin de vous la jolie et charmante miss Lyndon, répliqua lady Félicité, et j'espère qu'à sa place votre père trouvera quelque horrible mégère capable de vous donner les corrections que vous méritez!

Mais elle riait en parlant et avait toujours son air angélique. Elle prit Carmela par la main et reprit :

– Rassemblez vos affaires. Ma voiture attend dehors.

– Mais je ne puis... m'en aller tout simplement... de cette façon, protesta Carmela.

– Mais si, vous pouvez! répondit Félicité. Pendant que vous faites vos bagages, j'expliquerai à Mrs Cooper que j'ai besoin de vous et qu'il est absolument essentiel que vous me suiviez sur l'heure.

– Elle va être furieuse, dit Carmela, et ne voudra plus jamais m'employer!

– Elle n'en aura plus l'occasion, énonça fermement Félicité. Je vous expliquerai tout cela dès que nous serons loin d'ici. Vite, Carmela, je ne puis supporter de rester plus longtemps dans cet endroit sordide. Je ne conçois pas comment vous avez pu endurer tout ceci.

– C'était assez horrible en effet. Mais, Félicité, il serait plus convenable que je prévienne moi-même.

– Laissez-moi faire et faites seulement ce que je vous ai dit, répliqua son amie.

– Je... ne devrais pas...

Mais tout en parlant, Félicité la poussait gentiment vers la porte.

– J'ai besoin de vous, désespérément, Carmela, et vous ne pouvez me refuser.

– Je suppose que non, dit Carmela en hésitant, ct

vous savez bien que je ne souhaite que vous suivre, Félicité.

– Alors, emballez vos affaires! Non, peu importe, vous n'en aurez plus besoin, et j'ai tout ce qu'il faut pour vous au château.

Ébahie, Carmela la regardait.

– Faites seulement ce que je dis. N'empaquetez que les choses auxquelles vous tenez, comme les toiles de votre père, par exemple.

– Elles sont en bas dans une remise. Il n'y avait pas de place pour elles ici.

– J'enverrai un valet les chercher, dit Félicité, et maintenant, je vais parler à Mrs Cooper.

Avant que Carmela ait pu ajouter un mot, elle tourna les talons et quitta la pièce. Les enfants la suivirent des yeux, ébahis.

– Vous allez partir avec cette dame? demanda Lucy.

– Maman ne vous laissera pas aller, dit Henry, et cette voix hargneuse rendit ses esprits à Carmela.

– Oui, je pars, je m'en vais! lança-t-elle, et elle se précipita vers la petite pièce voisine.

Faute de place, l'essentiel de ses affaires était resté enfermé dans sa malle et Carmela se hâta d'emballer ses quelques vêtements épars et la garniture de toilette qui avait appartenu à sa mère, recouvrit le tout du châle qui lui servait de couverture et serra la courroie.

A ce moment un valet de pied s'encadra dans la porte, éblouissant dans la livrée des Gale ornée de boutons d'argent écussonnés et tenant à la main son haut-de-forme à cocarde.

– B'jour, miss Carmela.

– Bonjour, Ben.

– Sa Seigneurie m'a dit de venir prendre votre malle.

– La voici. Pourrez-vous la porter tout seul?

– Sûr, que j'peux! répondit Ben.

Il remit son chapeau, se saisit de la malle et l'emporta sans effort à travers la nursery, sous les yeux des enfants stupéfaits.

« Je dois ressembler à un simple moineau, à côté de Félicité, belle comme un oiseau de paradis », songea Carmela en enfilant le manteau de sa mère et un simple bonnet bon marché orné de rubans noirs.

Elle descendit l'escalier et se demanda avec appréhension ce qu'allait dire Mrs Cooper.

« Elle est tout à fait en droit de se montrer contrariée et offensée par un départ aussi précipité », se dit-elle.

Malgré leur faible différence d'âge, Carmela s'était toujours pliée aux volontés de Félicité, son aînée, qui prenait les décisions pour toutes choses et quelles que soient les circonstances.

Félicité avait beaucoup voyagé de par le monde, rencontré de nombreuses personnalités et acquis de ce fait une grande assurance. Comme le disait souvent Carmela avec un sourire, elle n'avait pas eu le temps d'être une enfant.

Carmela atteignit le vestibule obscur et entendit la voix de Félicité qui bavardait au salon avec Mrs Cooper. Le cœur battant, Carmela pénétra dans la pièce, tremblant d'être reçue par un flot de reproches et de vociférations.

Mais, ô surprise, la femme du Révérend souriait.

– Eh bien, vous en avez de la chance! dit-elle avant que Carmela ait pu placer un mot. Lady Félicité vient juste de m'entretenir des projets généreux qu'elle a formés pour vous.

– Mrs Cooper s'est montrée très bonne et compréhensive et ne vous retient pas, déclara Félicité.

Carmela remarqua les yeux pétillants d'excitation de son amie et le ton charmeur qu'elle adoptait toujours lorsqu'elle manipulait quelqu'un à ses propres fins.

– C'est... c'est vraiment... très gentil à vous, s'efforça de dire Carmela en bégayant.

– Vous allez me manquer, c'est certain, répondit Mrs Cooper. Mais lady Félicité a promis de m'envoyer l'une des filles de cuisine du château pour vous remplacer.

– Ce sera fait dès mon retour, dit Félicité, et encore merci, chère Mrs Cooper, de vous montrer si bonne. Rappelez-moi, je vous prie, au bon souvenir du Révérend. Carmela et moi devons partir sur-le-champ et je ne pourrai me trouver à l'église ce dimanche; serez-vous assez aimable de déposer dans le plateau ma modeste offrande?

Tout en parlant, Félicité ouvrit un ravissant réticule de satin dont elle sortit cinq guinées d'or quelle déposa dans la main tendue de Mrs Cooper.

– Votre générosité vous honore, dit celle-ci d'une voix pleine de gratitude. Je vous remercie infiniment.

Elle prit congé de Carmela. Puis, prenant la tête des opérations, Félicité se dirigea vers la sortie, Carmela sur ses talons, encore tout étourdie de ce qui lui arrivait. Les deux femmes montèrent en voiture tandis que Mrs Cooper, du seuil, les regardait s'éloigner en agitant la main.

Ce fut seulement lorsque les chevaux quittèrent l'étroit chemin pour la grand-route que Carmela put articuler :

– Est-il possible que vous m'ayez vraiment... sauvée?

– Il était grand temps! répliqua Félicité. Ma très chère Carmela, comment tout ceci a-t-il pu vous arriver en si peu de temps?

– Papa est mort à la fin de janvier, dit Carmela. Je n'ai pas pu vous écrire, je ne savais même pas dans quel pays vous vous trouviez.

– J'étais en France où j'ai séjourné chez différents amis de ma grand-mère, expliqua Félicité. Si vous m'aviez écrit, il est peu probable que votre lettre me soit parvenue.

– La comtesse doit vous manquer terriblement!

La grand-mère de Félicité, qui l'avait élevée, était la comtesse douairière de Galeston.

C'était une grande dame qui inspirait plutôt la crainte, et les gens du village en avaient toujours eu grand peur. Mais elle avait de l'affection pour les parents de Carmela et avait encouragé son père en lui achetant plusieurs de ses tableaux.

Dans le voisinage, Carmela était la seule enfant de l'âge de Félicité que sa grand-mère lui permettait de fréquenter; aussi, la fillette fut-elle encouragée à venir au château et les deux enfants devinrent bientôt inséparables.

Lorsqu'elle fut un peu plus grande, Félicité fit de fréquents séjours chez des amis de sa grand-mère, même lorsque celle-ci n'était pas en assez bonne santé pour l'accompagner.

Bien vite elle avait vécu dans un autre monde que celui, plus restreint, de Carmela. Néanmoins, leur affection était restée intacte et Carmela, ravie de son rôle de confidente, écoutait le récit des aventures de son amie, éperdue d'admiration.

– J'ai remporté un tel succès! se vantait Félicité après quelque visite intéressante, devant son amie trop heureuse de la croire.

« Nous revoilà comme au bon vieux temps, songea alors Carmela : Félicité m'explique ce que je dois faire, et je bois ses paroles! »

La voiture allait bon train et les chevaux franchirent l'imposant portail de fer forgé qu'ornaient, de chaque côté, deux élégants pavillons de pierre. Ils marquaient l'entrée de l'allée, longue d'un kilomètre et demi, qui menait au château.

– Quels sont vos plans? demanda enfin Carmela.

– Je vais vous l'expliquer dans un instant mais promettez-moi d'abord de m'apporter toute votre aide, dit Félicité.

– Mon aide? fit la jeune fille.

Félicité se pencha vers elle et lui dit d'une voix subitement altérée :

– Vous m'aiderez, Carmela? Promettez-le-moi.

– Mais bien sûr, n'ayez crainte, ma chérie. Vous savez bien que je ferai tout ce que vous voudrez.

– J'espérais bien que vous me répondriez ainsi, dit Félicité. Ce que je vais vous demander peut paraître quelque peu étrange, mais je savais en venant vous trouver que vous étiez toujours digne de ma confiance.

– Comment pourrait-il en être autrement? fit Carmela, tout étonnée. Vous avez toujours été si bonne pour moi!

Intriguée par le sérieux de son amie, Carmela attendit qu'elle poursuive. Félicité regardait droit devant elle, vers le château qui se dressait au milieu d'un vaste espace, et dont les tours se dessinaient dans le ciel.

Construit sur un site ancien, c'était une bâtisse assez récente. La comtesse l'avait achetée à un précédent propriétaire alors qu'elle cherchait un endroit où vivre pour oublier le château de Galeston.

Carmela, maintes fois, avait entendu raconter cette histoire. La comtesse, femme d'une grande beauté, avait été une personnalité en vue. Quelque temps après que son fils eut hérité titre et domaine, elle s'était fâchée avec lui et toute sa famille et avait décidé de n'avoir plus rien à faire avec eux.

Personne ne l'avait crue tout d'abord, même si chacun connaissait son caractère entier et dominateur. Mais, après une série de discussions aigres et divers échanges de lettres avec le reste de la famille Gale, la comtesse avait fini par quitter Dower House où elle s'était installée après son veuvage.

Emportant avec elle tout ce qui lui appartenait, elle avait fait savoir qu'elle ne souhaitait revoir aucun des membres de la famille. La nouvelle avait fait l'effet d'une bombe car la comtesse emmenait aussi avec elle sa petite-fille.

L'enfant avait été l'une des pommes de discorde entre la comtesse et son fils qui, resté veuf, s'attirait les foudres de sa mère au sujet de l'éducation de Félicité.

Le comte ne s'intéressait en fait qu'à son fils et avait confié la petite à sa grand-mère. Il pensait que l'enfant, tôt ou tard, comblerait le fossé qui les séparait.

Mais la comtesse, nullement conciliante, avait définitivement gagné une autre région d'Angleterre. Son fils étant à peu près aussi obstiné qu'elle, leur inimitié n'avait fait que croître jusqu'à ce que toutes relations aient cessé entre eux.

Bien des années plus tard, la comtesse était morte, et Félicité avait séjourné en France chez divers amis. Carmela s'était alors demandé si son amie retournerait vivre dans cette famille qu'elle ne connaissait pas. Cela ne paraissait guère possible, mais il n'était évidemment pas convenable qu'elle vive seule au château, sans chaperon.

– Nous voici chez nous, dit Félicité, et je vais vous expliquer toute l'affaire dès que nous serons seules.

– Je suis vraiment intriguée! dit Carmela. Quelqu'un séjourne-t-il au château en ce moment?

– Non, personne.

Félicité avait répondu d'une voix affectée, ce qui ne fit que raviver la curiosité de Carmela. Comment tout ceci pouvait-il la concerner elle, personnellement?

Mais en voyant le château, une bouffée de gratitude l'envahit : quelle joie d'avoir quitté le presbytère!

Elle avait toujours été très sensible au décor qui l'entourait et la laideur des lieux n'avait fait que lui rendre plus odieux encore son séjour chez ces personnes détestables. Elle s'était efforcée d'éprouver quelque sympathie pour le Révérend et sa femme car elle leur devait de la reconnaissance malgré tout, mais elle ne pouvait s'empêcher de les trouver très antipathiques.

Le Révérend semblait particulièrement manquer de charité chrétienne et Mrs Cooper n'était qu'une femme assommante et toujours préoccupée d'elle-même. Elle n'avait fait que donner le jour à ses enfants qu'elle n'aimait pas vraiment et dont elle s'occupait peu.

De plus, ils faisaient figure d'étrangers dans ce village où ils s'étaient installés depuis six ans seulement, pour remplacer le précédent titulaire qui avait tenu la paroisse pendant plus de quarante ans.

Aussi Carmela passait d'une pièce à l'autre du château avec joie, heureuse de retrouver ce goût parfait qui avait présidé aux moindres arrangements.

Le brocart des rideaux était un tissu coûteux dont la teinte se mariait parfaitement avec celle des tentures et des tableaux qui ornaient les murs; des fleurs disposées dans de grands vases de cristal taillé embaumaient l'atmosphère. Les domestiques en livrée arboraient un sourire de bienvenue; tous connaissaient parfaitement Carmela et, comme Félicité, lui donnaient l'impression qu'elle revenait à la maison.

Félicité tendit son manteau à un valet et ôta son bonnet puis se dirigea vers un charmant salon que les deux jeunes filles avaient toujours considéré comme leur domaine.

La comtesse y avait disposé sofas et fauteuils recouverts de chintz bleu comme les yeux de Félicité et l'avait orné de tableaux dans le style de Fragonard, montrant des dames que Carmela jugeait aussi élégantes que son amie elle-même.

– Souhaitez-vous une collation, Milady? demanda le maître d'hôtel.

Félicité regarda Carmela qui secoua la tête.

– Non merci, Bates.

Le maître d'hôtel ferma la porte derrière lui et les deux jeunes filles se retrouvèrent seules.

– Vraiment vous n'avez pas faim? demanda Félicité. Vous n'avez pourtant pas pris cet infect petit déjeuner!

– La seule pensée m'en rend malade, répondit Carmela. Oh, Félicité, je suis incapable de m'occuper d'enfants! Tout au moins de ceux-là!

– Cela ne me surprend pas, affirma Félicité. Mais comment avez-vous pu être assez naïve pour croire que vous seriez heureuse dans un pareil endroit?

– Que pouvais-je faire d'autre?

– Vous auriez dû savoir que j'allais vous inviter à vous installer ici, dit Félicité, et ne prétendez pas que vous êtes trop fière, parce que je ne vous écouterai pas.

Elles éclatèrent de rire en se rappelant leurs vieilles plaisanteries sur les gens fiers.

« Lorsque les gens parlent de charité, c'est toujours à l'argent qu'ils font allusion, disait autrefois la comtesse. Mais il est bien plus difficile et infiniment plus méritoire de donner de soi-même. »

Les deux fillettes trouvaient l'idée amusante. De retour au château, Félicité déclarait parfois à sa grand-mère :

– Je me suis montrée très charitable cet après-midi, grand-maman. J'ai parlé plus de dix minutes à cette horrible miss Dobson, et je suis certaine maintenant d'avoir gravi plusieurs degrés sur l'échelle du paradis.

– Je suis d'un naturel fier, dit alors Carmela en interrompant son rire, mais je ne suis que trop disposée à accepter votre charité

– A la bonne heure! Maintenant, ma chère, écoutez-moi.

– Je suis pendue à vos lèvres, assura Carmela. J'espère que vous n'êtes pas sur le point de faire une sottise, ou quelque chose d'inconsidéré!

– Peut-être avez-vous raison car je vais me marier.

Du coup, Carmela se redressa.

– Oh, Félicité, c'est merveilleux! Mais... avec qui?

– Jimmy. Qui d'autre?

Carmela en resta sidérée.

– Jimmy Salwick? Mais, Félicité, j'ignorais que sa femme fût morte.

– Elle ne l'est pas.

Carmela, les yeux écarquillés, fixa son amie.

– Je... je ne... comprends pas.

– Elle n'est pas encore morte, mais n'en a plus pour longtemps, et je vais en France avec Jimmy afin d'y rester jusqu'à ce que nous puissions nous marier.

Il y eut un silence puis Carmela reprit :

– Mais, Félicité, vous ne pouvez agir d'une... telle façon! Songez à votre... réputation!

– Je n'ai pas envie d'en discuter, répliqua Félicité

d'une voix contenue. Je dois absolument agir ainsi et vous allez m'aider.

Carmela ne cachait pas son embarras. Il y avait plus d'un an qu'elle savait Félicité amoureuse de lord Salwick, un proche voisin. C'était un charmant jeune homme, très attirant, qui avait hérité d'une demeure ancestrale vaste mais délabrée, et d'un domaine appauvri, sans guère d'argent pour le restaurer.

Félicité savait qu'elle hériterait de la fortune de sa grand-mère et les deux amoureux s'étaient préparés à attendre. La jeune fille était convaincue que, s'ils déclaraient leurs intentions à la comtesse, celle-ci ferait beaucoup de difficultés, ne jugeant pas James Salwick, tout charmant qu'il fût, comme un parti acceptable pour sa petite-fille.

La comtesse avait toujours fréquenté la plus haute société et avait été, dans sa jeunesse, dame d'honneur de la Reine. Aussi rêvait-elle de voir Félicité épouser quelque grand seigneur. Elle avait établi une liste de candidats, ducs et marquis, susceptibles de prétendre à la main de la jeune fille.

– Inutile de discuter de Jimmy avec grand-mère, répétait souvent Félicité à Carmela. Vous savez à quel point elle a de la suite dans les idées! Si j'affirme ne vouloir épouser personne d'autre, elle s'arrangera tout simplement pour que nous ne puissions pas nous voir.

– Je comprends fort bien, répondait Carmela, mais que se passera-t-il le jour où elle vous présentera le mari qu'elle aura choisi pour vous?

Heureusement, le cas ne s'était jamais présenté. La santé de la comtesse s'était considérablement altérée et elle avait envoyé Félicité séjourner chez ses propres amis sur le continent, la plupart étant français comme elle-même.

La guerre finie, la situation de la France s'étant

stabilisée, Félicité fut envoyée dans un vaste château de la Loire chez des aristocrates qui avaient survécu à la Révolution et aux changements sociaux amenés par Napoléon Bonaparte.

Cependant la comtesse n'avait pas que des relations françaises. Félicité s'était également rendue dans le Northumberland pour y rencontrer un duc; en Cornouailles pour visiter quelques familles respectables et qui comptaient des fils à marier. Elle poussa même jusqu'au nord, au-delà d'Edimbourg.

Félicité revenait toujours de ses périples avec une foule d'histoires à raconter sur les gens qu'elle avait rencontrés et les messieurs qui lui avaient fait la cour, mais une fois seule avec Carmela, elle reconnaissait que Jimmy Salwick était le seul homme qui comptât réellement pour elle.

Jimmy était encore très jeune lorsque ses parents l'avaient marié à une femme à l'esprit déjà dérangé que l'on avait dû finalement enfermer dans un asile. Quel sort cruel pour un jeune homme qui ne pouvait se voir libérer de sa femme que par la mort, et restait enchaîné à elle sans jamais la voir!

Il était fatal, à tous égards, qu'il donne son cœur à sa jeune voisine. « Rien d'étonnant à ce qu'il aime Félicité, se disait Carmela lorsqu'elle les voyait ensemble; l'amour la rend plus belle encore et irrésistible pour tout homme ayant des yeux pour voir. Mais elle ne peut tout de même pas s'enfuir de la sorte avec lord Salwick! »

– Ce que je ne parviens pas à comprendre, ma chérie, finit par dire la jeune fille, c'est que vous ne puissiez attendre. Si la femme de Jimmy est mourante, ne pourriez-vous pas patienter quelques mois de plus?

« D'autant que la grand-mère de Félicité n'était plus là pour la contraindre à épouser quelqu'un d'autre », ajouta-t-elle en son for intérieur.

– Je me doutais bien que vous raisonneriez ainsi, répliqua Félicité, mais les choses sont beaucoup plus compliquées que cela.

– Comment cela?

– Parce que je viens d'apprendre, à mon retour de France, que grand-mère m'a légué une énorme fortune.

– Une énorme fortune? répéta Carmela.

– Colossale! insista Félicité. Je ne m'étais jamais doutée qu'elle avait tant d'argent.

Carmela ne disant mot, elle poursuivit après un instant de silence :

– Comme vous le savez, elle s'était fâchée avec mon père et toute ma famille. Selon elle, ils ne faisaient que la harceler et n'en voulaient qu'à son argent.

– J'ai toujours pensé qu'elle devait être riche pour vivre ici, dit lentement Carmela.

– Moi aussi je savais qu'elle était très aisée, mais comment imaginer qu'elle était en possession d'une telle fortune? Elle en avait gardé le secret.

– Peut-être souhaitait-elle que votre père l'ignore?

– Oui, je le crois, dit Félicité, mais cela me complique terriblement l'existence.

– Pourquoi?

– Dès que l'avoué est venu me voir, j'ai dû quitter précipitamment Londres pour accourir ici.

Devant l'air perplexe de Carmela, Félicité reprit :

– J'ai compris qu'il me fallait partir avec Jimmy avant qu'il n'entende parler de cet argent et que les Gale ne tentent de mettre la main dessus.

Carmela écoutait, stupéfaite.

– Je... je ne comprends pas.

– C'est bien simple, dit Félicité. D'abord, si Jimmy apprend à quel point je suis riche, il ne m'épousera pas.

– Pourquoi dites-vous cela? demanda Carmela.

– Parce qu'il est bien trop fier, expliqua Félicité; il pensera que tout le monde va le traiter de coureur de dot. S'il m'abandonne, j'en aurai le cœur brisé!

Félicité semblait si sincère que Carmela ne put s'empêcher de reconnaître combien son raisonnement était juste.

James Salwick était un homme fier qui souffrait de ne pouvoir restaurer sa demeure ou gérer son domaine comme il l'aurait voulu. Il était aussi extrêmement affecté par la tragédie que vivait sa femme et Carmela savait combien il avait combattu ses sentiments, se jugeant trop pauvre. Félicité était tombée amoureuse de lui la première, lors d'une partie de chasse où ils s'étaient connus, et c'était elle qui lui avait fait des avances.

Carmela n'ignorait rien des ruses que son amie avait employées pour le rencontrer alors qu'il ne s'y attendait pas, pour aller le voir chez lui, l'enjôler sous un prétexte ou un autre et l'attirer au château.

Quand enfin le jeune homme lui avait avoué son amour, Félicité avait follement redouté de le perdre.

– Il m'aime! Il m'aime! avait-elle déclaré à Carmela. Mais il affirme qu'il n'encombrera jamais ma route et que si je veux épouser quelqu'un d'autre, il se contentera de disparaître.

Avec un petit cri de terreur, elle avait ajouté :

– Comment pourrais-je le perdre? Oh, Carmela, cela ne se peut pas!

Tout cela lui revenait en mémoire et Carmela comprit quel danger cette fortune, ignorée jusque-là, représentait pour leur amour. Elle dit tout haut :

– A-t-il vraiment l'intention de fuir avec vous?

– Il le devra bien lorsqu'il apprendra ce qui est arrivé par la suite.

– De quoi s'agit-il?

– Je vous ai déjà dit que je suis arrivée ici le plus vite possible. Et que croyez-vous que j'y ai découvert?

– Je ne sais.

– Une lettre du cousin Selwyn, le nouveau comte de Galeston.

– Et que vous écrit-il?

Carmela n'ignorait pas que depuis la mort tragique du frère de Félicité, l'orgueil et la joie de son père, le comte disparu un an auparavant n'avait aucun héritier direct. Le titre était donc passé à son neveu, beaucoup plus âgé que Félicité. Celui-ci avait suivi la carrière militaire et n'avait jamais pensé hériter du domaine.

Carmela se souvenait vaguement avoir entendu parler de toute cette affaire mais ne s'y était guère intéressée. Félicité savait peu de chose au sujet de ces parents qu'elle n'avait jamais rencontrés. Elle n'avait même appris la mort de son père que par les comptes rendus des journaux.

– Pourquoi m'en soucierais-je? avait-elle demandé lorsque Carmela lui avait montré la notice nécrologique. Grand-mère haïssait mon père et m'a souvent dit combien il me détestait parce que ma naissance avait causé la mort de ma mère.

– Mais c'est un péché de ne pas aimer ses parents, avait dit Carmela.

– Ma nourrice disait toujours qu'on choisit ses amis, mais qu'il faut subir sa famille, avait rétorqué son amie.

« Maintenant que Félicité se retrouve seule au monde, ses parents vont évidemment s'intéresser à elle, même s'il est un peu tard pour cela », songea Carmela.

– Pourquoi le nouveau comte vous a-t-il adressé cette lettre?

Félicité serra les lèvres et lança d'une voix dure :

– Il m'informe que ma grand-mère n'étant plus, il est maintenant mon tuteur et m'ordonne, comme si j'étais un soldat de son régiment, d'accourir immédiatement à Galeston où il a formé des projets pour mon avenir.

Carmela en eut le souffle coupé.

– Je ne puis croire qu'il ait écrit cela.

– Mais si! Vous verrez sa lettre. S'il s'imagine que je vais obéir, il se trompe!

– Mais... il est votre tuteur...

– Il revendique cette tutelle uniquement à cause de la fortune que me laisse grand-mère, interrompit Félicité. Je ne suis pas si sotte. Si je n'avais reçu qu'une maigre rente pour tout héritage, le cousin Selwyn ne se serait pas inquiété de moi, ni soucié de me savoir vivante ou morte. Mais maintenant que je suis une héritière, c'est bien différent!

– Comment pouvez-vous en être si sûre? demanda Carmela.

Elle n'aimait pas la dureté de cette voix et de ce regard qui gâchait la beauté de son amie et la faisait paraître amère et cynique.

– Grand-maman avait raison lorsqu'elle les déclarait tous avides d'argent! affirma Félicité. Maintenant qu'il me sait en possession des millions, le cousin Selwyn ne souhaite qu'accaparer le magot! J'en suis tout à fait certaine!

– Oh, Félicité, vous exagérez! protesta Carmela.

– Pourquoi prenez-vous ainsi sa défense? s'exclama Félicité. Voilà dix bons mois que papa n'est plus et que ce n'est que maintenant, après le décès de grand-maman, que le nouveau comte m'ordonne d'accourir à Galeston. Plutôt mourir!

– Vous ne le pensez pas.

Brusquement, Félicité se mit à rire.

– Non, je ne le pense pas. J'ai l'intention de vivre et d'épouser très vite Jimmy, avant qu'il n'apprenne à quel point je suis riche. Une fois le mariage célébré, ni lui ni le comte ne pourront plus rien y faire.

– C'est vrai, reconnut Carmela. Mais vous ne pouvez épouser Jimmy avant que... sa femme... ne soit morte.

– Mais elle est mourante, je vous l'ai dit ! Jimmy a reçu une lettre du médecin de l'asile : elle a une tumeur au cerveau. J'ai posé la question à de nombreuses personnes autour de moi et toutes m'ont répondu que quelqu'un atteint d'une tumeur au cerveau ne vit jamais longtemps.

– Je ne puis dire que j'en suis navrée, fit Carmela, mais néanmoins patientez, Félicité, je vous en prie. Je vous en conjure, attendez avant de commettre quelque... folie.

– Je n'entends pas courir le moindre risque à ce sujet.

– Mais, supposez que le comte vous découvre là où vous vous cachez et vous ramène ?

– Voilà pourquoi je vais pousser Jimmy à m'emmener loin d'ici, dit Félicité. Je lui montrerai la lettre du cousin Selwyn et il verra combien l'affaire est grave.

Elle fit une pause avant de poursuivre :

– Il devinera que cet intérêt cache un motif inavoué. Je ne lui laisserai pas deviner la véritable cause – l'argent – mais lui laisserai entendre qu'étant une jeune et belle dame, je ne puis rester sans tuteur.

– Pensez-vous que Jimmy vous croira ?

– Sans aucun doute car il le voudra, et vous savez aussi bien que moi, Carmela, qu'il m'aime vraiment.

La voix de Félicité s'adoucissait et Carmela se hâta de dire :

– Oui, chérie, je le sais, et aussi que vous l'aimez. Mais vous ne pourrez pas... vivre... ensemble tant que vous ne serez pas... mari et femme.

Carmela trouvait cette idée extrêmement choquante mais, ne voulant pas troubler son amie, elle n'insista pas.

Toutefois Félicité, voyant l'expression de son visage, se mit à rire gentiment :

– Je vois bien ce que vous pensez, Carmela. Mais ne vous tourmentez pas pour moi. Jimmy lui-même se montre si protecteur! Je suis tout à fait sûre qu'il ne fera rien que vous jugiez mal avant que je ne sois vraiment sa femme.

Son menton frémit tandis qu'elle ajoutait :

– D'un autre côté, si jamais le cousin Selwyn prétendait faire annuler mon mariage parce que je suis mineure, il faudrait bien que je sois tout à fait sûre d'attendre un bébé!

Carmela émit un cri de protestation, mais Félicité posa sa main sur la sienne.

– Je vous en prie, ma chérie, je sais ce que j'ai à faire. Jimmy est tout pour moi, et je ne puis être heureuse qu'avec lui. Voilà pourquoi il faut que vous m'aidiez.

– Je ne vois pas... ce que je puis faire, dit Carmela.

– C'est très simple, répondit Félicité. Vous irez à Galeston à ma place et y resterez jusqu'à mon mariage avec Jimmy!

2

– Je ne puis faire cela... c'est impossible! ne cessait de répéter Carmela, abasourdie.

Mais elle sentait que sa voix fléchissait et qu'elle ne pourrait résister à Félicité encore longtemps. Il en avait toujours été ainsi depuis leur enfance. Lorsque Félicité se mettait quelque chose en tête, elle se montrait si déterminée et convaincante que l'on ne pouvait rien lui refuser.

– Ils se rendront compte immédiatement de la supercherie! protesta Carmela.

– Je me demande bien comment! l'interrompit Félicité. Personne de ma famille ne m'a vue depuis l'âge de cinq ans et tous se sont totalement désintéressés de moi.

Elle resta un instant silencieuse avant d'ajouter d'un ton amer :

– Après la mort de grand-mère, et jusqu'à cette missive du cousin Selwyn, je n'avais pas reçu une seule lettre d'un cousin, d'une grand-tante ou d'un quelconque parent m'invitant à vivre chez lui.

Elle poursuivit d'une voix méprisante :

– Il est tout à fait évident que mon cousin ne s'intéresse qu'à ma fortune. L'avoué m'a confié être le seul à en connaître le montant exact.

– Comment votre grand-mère a-t-elle pu conserver un tel secret? interrogea Carmela.

– Il semble qu'elle avait investi beaucoup d'argent à la Jamaïque et que ces fonds se sont considérablement multipliés au cours des dernières années, à cause de la demande sur le sucre. L'avoué m'a appris que ses placements en Angleterre s'étaient également révélés très productifs. Il faut le croire, vu la somme qu'elle m'a laissée.

Carmela, songeuse, ne répondit pas et, au bout d'un moment, Félicité soupira.

– Cet argent représente une bien grande responsabilité et ce n'est guère une bénédiction. Jimmy le premier n'aimera pas me voir si riche, et je ne saurai jamais si les gens m'apprécient pour moi-même ou pour mon argent.

– Les gens vous aimeront toujours pour ce que vous êtes, lança spontanément Carmela.

Félicité sourit.

– Je voudrais bien vous croire et éviter de devenir comme grand-maman, qui haïssait tous les Gale parce qu'elle sentait bien qu'ils en voulaient à sa fortune.

– Surtout, ne vous laissez pas pervertir par l'argent! plaida Carmela. Je comprends votre tourment d'être si riche et de devoir le dissimuler à Jimmy.

– Si vous dites vrai, alors vous m'aiderez, se hâta de dire Félicité.

– Mais personne ne croira que je puisse être vous! protesta encore Carmela.

– Pourquoi pas? fit son amie. Vous êtes tout aussi jolie que moi, et lorsque vous porterez mes robes on ne pourra nous distinguer l'une de l'autre. En fait, nous pourrions être sœurs.

Il y avait du vrai dans ce qu'elle disait, car les deux jeunes filles étaient également belles, avaient les mêmes yeux bleus et un parfait teint rosé, qui faisait l'admiration des hommes et excitait l'envie des femmes.

Mais, alors que Félicité était d'une élégance recherchée, Carmela semblait une jeune fille toute simple à qui manquait le vernis que donnent de beaux vêtements et la confiance en soi.

Félicité observa son amie d'un œil critique, puis se levant vivement, elle la prit par la main.

– Suivez-moi, dit-elle, et montons à l'étage.

– Pour quoi faire? demanda Carmela.

– Pour vous donner exactement la même apparence que la mienne, répliqua Félicité. Nous allons commencer par arranger vos cheveux d'une manière élégante; vous porterez toutes les robes que j'ai mises depuis la mort de grand-maman.

Carmela se dit que cela conviendrait tout à fait puisque Félicité, pour son demi-deuil, s'habillait en mauve. Après la mort de son père, elle avait été dans l'impossibilité de s'offrir la moindre robe neuve, et avait dû se contenter de changer les rubans de son bonnet et de porter une écharpe noire.

Aux côtés de Félicité, elle avait pleinement conscience de l'aspect défraîchi de ses vêtements. Elle n'avait pu se changer avant de quitter le presbytère et elle portait une jupe tachée et maculée du jaune d'œuf que lui avait lancé Lucy.

Elles gravirent le grand escalier et gagnèrent la somptueuse chambre de Félicité où plusieurs malles avaient été laissées là sans qu'on les ouvre.

– Comme je m'en vais demain, expliqua Félicité avant que Carmela ait pu poser la moindre question, j'ai préféré ne rien déballer. Voilà les bagages que vous prendrez avec vous. Ils contiennent l'ensemble de ma dernière garde-robe noir et mauve.

– Et vous, que porterez-vous? fit Carmela avec un sourire mutin.

– Là-bas, à Paris, j'aurai tout le loisir de m'équiper entièrement de neuf.

– Paris? Est-ce bien sage?

– Les amis de grand-mère vivent tous en province, et non dans la capitale; j'ai ainsi peu de chances de les y rencontrer. Si cela arrivait, je présenterais tout simplement Jimmy comme mon mari, et personne ne se posera de questions.

– Vous paraissez bien sûre que Jimmy approuvera ce plan extravagant, dit Carmela en remarquant dans les yeux de son amie une lueur d'angoisse.

– Si Jimmy m'aime autant que je le crois, je doute qu'il souhaite me voir partir pour Galeston où la famille fera pression sur moi pour que j'épouse quelqu'un de son choix.

– Pensez-vous vraiment que telle est l'intention de votre cousin?

– J'en suis certaine! dit Félicité. D'autant qu'il aura sûrement arrêté son choix sur un quelconque parent, afin que ma fortune reste dans la famille.

Ne voyant pas ce qu'elle pourrait ajouter, Carmela renonça à discuter. Mais elle ne parvenait néanmoins pas à croire que les Gale soient aussi antipathiques.

Bien sûr, elle n'ignorait pas qu'un tuteur avait toute autorité sur une jeune fille avant ses vingt et un ans. Si l'actuel comte souhaitait marier Félicité, il pourrait agir comme bon lui semblerait; sa pupille n'aurait aucun moyen d'échapper à sa coupe ni d'éviter un mariage arrangé avec un homme qu'elle n'aimait pas.

Parce que ses propres parents avaient été très heureux, Carmela s'était toujours imaginé qu'elle-même et son amie connaîtraient un jour le même bonheur. Or, il n'y avait aucun doute pour Félicité que Jimmy était l'homme de sa vie.

– Je persiste à penser que ce que vous voulez faire... est insensé et mal, dit-elle à voix basse, mais déjà Félicité ne l'écoutait plus.

Elle souleva le couvercle d'une malle dont la courroie était déjà défaite et les serrures ouvertes.

– Oh, comme cela tombe bien! Les femmes de chambre ont justement placé sur le dessus de cette malle ce dont vous avez besoin pour voyager.

– Je vois que vous ne vous attendiez pas à un refus de ma part, fit observer Carmela qui n'avait pas été dupe.

– Comment auriez-vous pu, alors que c'est si important pour moi? demanda Félicité. Si la situation était inversée, vous savez bien que je volerais à votre secours.

– Comme vous l'avez déjà fait, dit Carmela avec un sourire.

– Avec ces horribles enfants! Quel que soit le cousin Selwyn, il ne peut être pire qu'Henry Cooper!

Carmela éclata de rire. Puis, reprenant son sérieux :

– Je me sens plutôt... terrifiée... à l'idée de me rendre à Galeston avec la perspective, à tout moment, d'être démasquée.

– L'épreuve ne pourra être bien longue, fit Félicité avec douceur. Dès que j'aurai épousé Jimmy, vous serez libre de partir.

– Et que ferai-je alors?

– Vous reviendrez ici, chez Jimmy, et attendrez là notre retour de l'étranger. Nous réfléchirons alors à votre avenir et je vous promets que vous ne manquerez plus jamais de rien.

– Vous savez bien que je ne puis accepter d'argent de votre part..., commença Carmela d'une voix mal assurée.

– Cessez ce bavardage, sinon je ne réponds plus de moi! dit Félicité. Si je dois être condamnée à vous entendre, vous et Jimmy, parler de mon argent comme s'il était contaminé, je préfère mettre tout ce que je possède dans un sac et le flanquer à la mer!

Carmela éclata de rire puis ajouta :

– Je trouverai bien un emploi quelconque qui me permettra de vivre.

– Il vous suffira de vous marier, dit Félicité... Nous vous dénicherons un délicieux mari, tout aussi charmant que Jimmy, et vous vivrez heureuse et comblée.

– Cela me semble bien peu probable..., commença Carmela, mais déjà son amie sortait les vêtements de la malle et ses paroles moururent sur ses lèvres.

Jamais elle n'aurait imaginé que des robes, dans toute la gamme des mauves, puissent être si belles et élégantes. Elle remarqua surtout une robe blanche parsemée de violettes, avec des rubans assortis, et une autre pour le soir scintillante de broderies pareilles à des améthystes et à des diamants.

– Vous pensiez vraiment... porter... cela? demanda Carmela.

– Évidemment! répliqua Félicité. A dire vrai, ma chérie, ces toilettes me rendent malade à en mourir! Je regrette grand-maman, elle me manque terriblement, mais vous savez ce qu'elle disait toujours : les gens qui pleurent quelqu'un trop longtemps sont assommants, et puis un chrétien digne de ce nom doit être persuadé que son défunt n'est pas mort, mais vit au paradis.

– C'est aussi ce que disait maman, répondit Carmela. Mais à la mort de papa, je n'avais même pas de quoi acheter un vêtement de deuil.

– Alors vous pourrez porter tout ceci encore un mois ou deux, et si la femme de Jimmy n'est pas morte d'ici là, je vous enverrai de Paris quelques robes de couleurs gaies.

– Cela ne paraîtra-t-il pas étrange? demanda Carmela.

– Avec l'argent que vous serez supposée posséder, vous pourriez vous habiller d'or et de diamants de la tête aux pieds.

– Déjà dans celles-ci j'en serai toute parée! fit Carmela.

– Eh bien, dépêchez-vous de les passer! dit Félicité. Moi, je vais m'occuper de vos cheveux.

Une heure plus tard, Carmela se contemplait dans la glace avec stupéfaction.

Elle portait une robe mauve clair, ornée à la taille d'un gros bouquet de violettes de Parme. La femme de chambre personnelle de Félicité, Martha, avait coiffé ses cheveux tout comme ceux de sa maîtresse, et quand elle eut mis un soupçon de poudre sur le petit nez droit de Carmela et une touche de pommade sur ses lèvres, on aurait pu prendre les jeunes filles pour deux sœurs.

Martha, qui servait Félicité depuis des années et connaissait bien Carmela, fut la seule personne informée du projet des deux amies et promit le secret.

– Ce n'est pas que j'approuve ce que Mademoiselle compte faire, dit-elle à Carmela, mais une fois qu'elle s'est mis quelque chose en tête, inutile de discuter avec elle.

– C'est parfaitement exact, renchérit Carmela, mais pensez-vous, Martha, qu'on puisse me prendre pour lady Félicité?

– Attendez quc j'en aie fini avec vous, miss! répliqua la femme de chambre.

A présent, Carmela devait admettre qu'elle était vraiment transformée.

– Surtout, ne parlez à personne de notre projet, Martha, et laissez seulement entendre que nous partons tous demain matin, l'avertit Félicité.

– Tout le monde est déjà au courant, dit Martha, mais personne ne m'a posé de questions.

– Tant mieux, tant mieux!

Quand Martha fut sortie, Carmela demanda :

– Comment pouvez-vous être si sûre de vous tant que Jimmy n'a pas donné son accord?

– Il le donnera, dit Félicité avec assurance, et il ne va pas tarder à arriver.

– Souhaitez-vous lui parler en tête à tête? s'enquit Carmela.

– Oui, bien sûr, répondit Félicité. Dès que je lui aurai montré la lettre du cousin Selwyn, je sais qu'il approuvera tous mes plans.

Carmela hésita un moment avant de suggérer :

– Ne pensez-vous pas, ma chère Félicité, qu'il serait plus honnête de lui dire la vérité? Une fois mariés, lorsqu'il découvrira que vous l'avez trompé au sujet de votre fortune, ne se mettra-t-il pas en colère? N'aura-t-il pas l'impression de ne pouvoir vous faire confiance à l'avenir?

– Il me faut prendre ce risque; mais lorsque Jimmy sera mon mari, rien n'aura d'importance que le fait d'être ensemble, dit la jeune fille en réprimant le tremblement de ses lèvres.

« Elle a raison, songea Félicité, car lord Salwick l'aime vraiment de tout son cœur et ne souhaite qu'une chose au monde – faire de Félicité son épouse. »

Il arriva juste pour le déjeuner et ils passèrent à table avant que Félicité ait pu l'informer de l'affaire : le repas, léger mais délicieux, avait été préparé par le chef qui servait la comtesse depuis dix ans.

Lord Salwick était si heureux de revoir Félicité qu'il ne la quittait pas du regard et plusieurs fois dans la conversation ils s'interrompirent pour se contempler amoureusement, les yeux dans les yeux.

Lorsqu'elle était descendue au salon avant le

déjeuner, Carmela s'était beaucoup amusée de l'air ahuri de lord Salwick qui mit un moment à la reconnaître, puis s'exclama :

– Comme vous avez changé, Carmela! Je vous prenais pour une des élégantes amies que Félicité ramène parfois de Londres.

– Non, ce n'est que moi, répondit Carmela. Le beau plumage ne fait-il pas le bel oiseau?

– Oh, vous avez changé de vêtements, fit vaguement lord Salwick, et vous avez une nouvelle coiffure.

– La même que la mienne, dit Félicité. Je vous expliquerai tout cela après le repas, chéri.

Déjà, lord Salwick avait oublié Carmela et reporté toute son attention sur Félicité; pour lui, elle emplissait l'univers.

Le repas terminé, Carmela remonta à l'étage.

– Je vous enverrai chercher dès que j'aurai mis Jimmy au courant de notre affaire, avait expliqué Félicité avant l'arrivée du jeune homme.

– Prenez garde de ne pas trop mentir!

– Oui, bien sûr, avait promis Félicité.

Une fois dans la chambre, Carmela inspecta le contenu de la malle qui révéla plus de vêtements qu'elle n'en avait portés de toute sa vie. « Tout ceci n'est que folie! songea Carmela, à nouveau assaillie par le doute. Mais non, je dois agir de la sorte pour le bien de Félicité que j'aime et qui est si bonne pour moi! »

Mais Carmela ne pouvait s'empêcher de frémir à l'idée d'aller vivre chez les Gale, ces étrangers si terrifiants. Ne serait-ce pas aussi affreux que retourner au presbytère et affronter une fois encore ces enfants tapageurs?

« Je dois me montrer courageuse et entreprenante », se dit Carmela, mais elle se sentait aussi désespérée qu'au jour de la mort de son père.

Que se passerait-il si le plan de Félicité échouait? Si, dès son arrivée, quelque parent oublié dénonçait l'imposture?

Carmela avait mené jusque-là une existence si paisible qu'elle redoutait de ne pouvoir se faire passer pour Félicité qui avait voyagé à l'étranger et était rompue aux dîners, bals et réceptions.

Peut-être les Gale l'ignoraient-ils? Mais elle avait le pressentiment qu'elle aurait à affronter sans cesse des yeux inquisiteurs et des langues de vipère.

Il se trouverait toujours quelqu'un pour médire de la comtesse qui s'était retranchée du reste de la famille pour garder cachée une si ravissante petite-fille.

Troublée et anxieuse, Carmela alla vers la fenêtre et surprit, au passage, son reflet dans le grand miroir. Un instant, elle eut du mal à croire qu'il s'agissait de sa propre image et cela la réconforta : son apparence au moins ne la trahirait pas.

Et puis elle était si heureuse de se voir dans une robe infiniment plus belle et élégante que tout ce qu'elle avait jamais rêvé porter!

« Si papa pouvait me voir, pensa-t-elle, je suis sûre qu'il voudrait faire mon portrait! »

Elle songea que son père eût certainement préféré la représenter sous les traits d'une nymphe voilée de quelque étoffe diaphane, évoquant la brume sur l'eau, sous un ciel semé d'étoiles.

« Mais maintenant ces robes sont à moi, bien réelles! » songea-t-elle avec un sourire en voyant les toilettes étalées sur le lit; jamais elle n'aurait imaginé pouvoir un jour les porter. Elle vivait en plein rêve. Mais Carmela fut brutalement ramenée à la réalité par l'arrivée d'un domestique qui la pria de bien vouloir descendre.

La gorge serrée, elle pénétra dans le salon où

Félicité et lord Salwick l'attendaient. Tous deux rayonnaient de bonheur et Félicité garda la main du jeune homme dans la sienne en se levant.

– Approchez, Carmela chérie, nous avons à parler, fit-elle. J'ai expliqué à Jimmy quelle bonté vous vouliez bien nous témoigner, et il vous en est très reconnaissant.

– Oui, vraiment, Carmela! confirma lord Salwick. Mais il me semble que nous exigeons beaucoup de vous.

– Je... ne souhaite... que vous aider, dit simplement Carmela.

– Vous nous rendrez un fier service en demeurant à Galeston jusqu'à notre mariage, dit Félicité.

– J'espère seulement que je serai capable... de jouer mon rôle habilement.

– Oh, mais vous ressemblez tout à fait à Félicité, dit lord Salwick, seulement...

Il s'interrompit de peur de paraître incorrect et ce fut Carmela qui acheva sa phrase pour lui.

– ... seulement elle est tellement plus adorable que moi! fit-elle sur un ton taquin.

– Je n'osais le dire, Carmela, veuillez excuser ce jugement partial! dit lord Salwick, en souriant.

– Et j'espère bien que vous ne changerez pas d'avis, dit Félicité. De toute façon, je vous préviens, Jimmy, que je suis terriblement jalouse!

– Et moi donc! répliqua-t-il. Si vous vous avisez de regarder un autre homme, je le tue dans le quart d'heure!

Ravie, Félicité éclata de rire et, lui prenant la main, la posa contre sa joue.

– Nous allons être si heureux, fit-elle, et il n'y aura place dans notre vie pour personne que nous deux.

– Oui, mon ange. Mais je souhaite que les choses

s'arrangent au plus vite et que nous puissions nous marier bientôt.

– Nous n'aurons pas à attendre trop longtemps, dit Félicité avec assurance, et je ne puis risquer de vous perdre.

– Ne craignez rien, moi non plus je ne veux pas vous perdre, répliqua-t-il, et si blâmable que puisse paraître ma conduite, je ne courrai pour rien au monde le risque de vous voir mariée à un autre.

– C'est pourtant l'intention de mon cousin, répondit Félicité. Sinon, pourquoi aurait-il envoyé cette lettre après tant d'années de silence?

– C'est étrange, en effet, convint lord Salwick, et il nous faut donc agir d'après votre plan. Je dois rentrer maintenant pour prendre mes dispositions en ce qui concerne la maison et les chevaux durant mon absence.

– Oui, allez, mon ami, dit Félicité. Et n'oubliez pas que j'ai besoin d'un de vos domestiques pour conduire Carmela à Londres.

Devant la surprise de Carmela, elle expliqua :

– Il serait imprudent de vous faire conduire par le vieux Gibbons. Il pourrait bavarder et faire naître des soupçons au château de Galeston en oubliant de vous appeler « Milady ».

– Je comprends, fit Carmela, mais...

– Tout est arrangé, interrompit Félicité. Jimmy vient d'engager un nouveau cocher qui ne vous a jamais vue; il aura pour ordre de conduire à Londres la dame du château dans la voiture de ma grand-mère, aux armoiries de notre famille, alors...

– Et... une fois à Londres? questionna encore Carmela d'une voix hésitante.

– Le cousin Selwyn a déjà tout prévu : vous y passerez la nuit et, le lendemain, une voiture vous emmènera à Galeston Park.

– Peut-être n'est-ce là qu'une façon de vous témoigner politesse et considération? suggéra doucement lord Salwick.

– Pour arriver à ses fins! répliqua Félicité. N'oubliez pas, Jimmy chéri, qu'il ne m'a même pas écrit à la mort de grand-maman.

– Je reconnais que c'est inexcusable.

– Je me demande seulement auquel de ces Gale sans le sou il projette de me marier, poursuivit Félicité.

Carmela lui jeta un regard d'avertissement de peur qu'elle n'en dévoile trop sur sa fortune. Mais Félicité était déjà considérée comme une riche héritière dans le comté, et Jimmy ne releva pas.

Cependant, Félicité, prudente, ajouta :

– Pour le moment, je laisse le château ouvert, jusqu'à ce que Jimmy s'occupe de tout et décide de ce que nous déménagerons chez lui.

– Dans ce cas, ne vaudrait-il pas mieux que je vienne... ici... dès le lendemain de votre mariage?

Félicité secoua la tête.

– Vous serez peut-être contrainte de fuir, et si le cousin Selwyn vous poursuit ou se montre désagréable, il vaudra mieux vous réfugier ici au château.

– O-oui... bien sûr, dit Carmela toujours hésitante, mais j'espère qu'il ne sera pas trop... fâché de découvrir qu'il a été... trompé.

Félicité haussa les épaules.

– Peu importe qu'il le soit! Je serai mariée, alors, et nous veillerons sur vous, n'est-ce pas, Jimmy chéri?

– Bien entendu, approuva lord Salwick. Vous n'aurez plus à travailler ni au presbytère ni ailleurs. Je suis vraiment navré pour votre père; j'ignorais qu'il ne fût plus de ce monde.

Carmela sentit les larmes monter à ses yeux et, pendant un moment, ne put répondre.

Félicité l'entoura de son bras.

– Tout va bien, ma chérie, fit-elle. Désormais, vous ne serez plus jamais seule. Nous vous aimons et vous n'aurez plus à souffrir à cause de personnes aussi odieuses que les Cooper.

– Ils... pensaient se montrer... bienveillants, dit Carmela d'une voix un peu tremblante.

– Quiconque possède un fils comme ce monstre d'Henry ne saurait être bon! répliqua Félicité.

Cette affirmation spontanée et ridicule fit rire Carmela à travers ses larmes.

– Il faut que je parte maintenant, dit lord Salwick. Pourrez-vous vous tenir prête vers neuf heures, ma chère?

– Sans faute, mon ami! répondit Félicité. Je n'emporterai que très peu de bagages avec moi car je compte bien renouveler ma garde-robe à Paris afin d'être encore plus belle pour vous.

– Cher ange! murmura Jimmy.

– Personne n'est au courant de notre destination finale, sauf Carmela et Martha, dit Félicité. Je dirai simplement aux domestiques que je retourne à Londres.

– Comptez-vous y passer la nuit? demanda Carmela, sachant qu'elle se trouverait aussi dans la capitale.

– Oui, mais je préfère descendre à l'hôtel sous un faux nom; c'est seulement lorsque nous arriverons en France avec Jimmy que nous serons lord et lady Salwick.

– Ce que vous serez très bientôt, fit lord Salwick à voix basse.

– C'est mon plus cher désir, répondit Félicité.

Leurs regards se mêlèrent et, une fois encore, Carmela se sentit oubliée. Alors elle se glissa hors de la pièce et les laissa seuls afin qu'ils prennent congé l'un de l'autre. Le plan de Félicité semblait parfaitement au point, ce qui ne fit qu'augmenter son état de surexcitation durant toute la soirée. Les deux amies rirent follement en évoquant certains souvenirs d'enfance, et ce fut seulement au moment d'aller se coucher que Félicité retrouva son sérieux.

– Je vous suis infiniment reconnaissante, ma chérie! Je ne saurais vivre sans Jimmy, et c'est la seule façon dont je puisse être sûre de ne pas le perdre.

– Mais pourquoi s'inquiéter? Vous n'avez rien à craindre! répondit Carmela.

– Je vais vous donner de l'argent, poursuivit Félicité. Cela a dû être si humiliant, au presbytère, de vous trouver totalement démunie.

Une fois dans sa chambre, Félicité prit une petite liasse dans un tiroir de sa coiffeuse.

– Il y a là cent livres, fit-elle.

– Mais je n'ai pas besoin d'une telle somme!

– Bien au contraire, répliqua fermement Félicité, et voici également un chèque de cent livres que vous pourrez toucher à votre convenance à la banque Coutts, à Londres.

– C'est trop! protesta Carmela.

– N'oubliez pas que vous êtes supposée être très riche, presque millionnaire, lui rappela Félicité. N'hésitez pas à distribuer de généreux pourboires mais gardez assez d'argent en prévision de votre fuite, le moment venu. Il est toujours fâcheux de ne pouvoir payer, et je veux être sûre que vous pourrez fuir à temps.

– Vous êtes si... généreuse! dit doucement Carmela.

– Mais pas du tout! C'est vous qui vous montrez bonne pour moi, répliqua Félicité, et j'ai bien l'intention de vous donner, à l'avenir, tout ce dont vous aurez besoin pour vivre sans vous priver.

Carmela sentit sa fierté se rebiffer quand la vieille plaisanterie sur « l'orgueil et la charité » leur revint à l'esprit et toutes deux éclatèrent de rire.

– Voulez-vous bien ne pas protester! la réprimanda Félicité. A partir de maintenant, vous allez répondre pour moi et comme je suis la première à me marier, je vous considère déjà comme ma cadette; je me dois de vous lancer dans la société.

Cette nouvelle absurdité les fit rire à nouveau mais, une fois seule, Carmela ne put s'empêcher de penser que c'était presque vrai.

Félicité avait tellement plus l'expérience du monde qu'à côté Carmela avait l'air d'une écolière gauche et peu sûre d'elle, faisant ses premiers pas dans un univers inconnu.

Cependant, elle sentait pointer en elle un sentiment aventureux. C'était si excitant de posséder tant de belles toilettes et de partir loin du presbytère!

« Dieu prendra soin de moi », se dit-elle comme elle allait s'endormir.

Elle savait aussi que l'esprit de son père et de sa mère veillait sur elle et la protégerait quoi qu'il advienne dans cette entreprise périlleuse mais nécessaire pour sauver Félicité.

« Quoi qu'il arrive, se dit Carmela, je ferai en sorte de n'avoir pas de regrets. »

Le comte de Galeston s'était installé dans la très confortable bibliothèque du château et étudiait un plan du domaine étalé sous ses yeux.

– Je ne suis plus revenu ici depuis ma petite enfance, et il faut que vous me rappeliez les noms des bois et des fermes sans oublier celui des actuels tenanciers, dit-il au régisseur debout devant lui.

– Je pense que Votre Seigneurie trouvera tous

ces renseignements dans le mémoire que je lui ai remis à son arrivée.

– Je l'ai lu, répliqua le comte, mais ne l'ai pas trouvé aussi clair que je l'aurais souhaité.

Il se rendait compte que l'homme à ses côtés n'était pas à son aise, et il pensa que ses soupçons étaient pleinement justifiés. Le régisseur était un homme incompétent et paresseux, et sûrement aussi malhonnête.

Le comte était arrivé à Galeston dans les meilleures dispositions, sachant qu'il serait vain et dangereux de vouloir tout changer trop rapidement. Pour employer le vocabulaire dont il usait avec les nouveaux venus de son régiment, il lui fallait « s'y faire » tout simplement.

Même dans ses rêves les plus fous, jamais il ne s'était attendu à hériter le titre ni une parcelle du domaine. Son père n'était pas l'aîné de la famille et, selon la tradition anglaise, la fortune revenait tout entière au comte en titre, et ni son frère ni ses neveux n'avaient rien à espérer.

Aussi avait-il choisi de faire carrière dans l'Armée où il pensait demeurer jusqu'à la retraite. Bon soldat, il s'était élevé par son seul mérite, et non par des promotions de complaisance. Il était alors colonel lorsque, tel un boulet, la nouvelle lui parvint que son oncle était mort subitement et qu'il devenait le septième comte de Galeston.

Il n'ignorait pas que l'héritier direct, son cousin, avait été tué juste avant son vingt et unième anniversaire. Selwyn Gale avait toujours cru que son oncle était assez jeune pour se remarier et avoir un autre fils. Mais il était trop occupé par son métier pour songer sérieusement à autre chose.

Il avait passé plusieurs années en Inde pour ses débuts au régiment, puis avait rejoint sir Arthur Wellesley et participé à ses campagnes contre

Napoléon au Portugal et en Espagne. Enfin, il avait combattu l'Empereur à la bataille de Waterloo.

Ensuite, Selwyn Gale avait eu un poste dans l'armée d'occupation. Ce n'était que plusieurs mois après avoir hérité du titre qu'il avait fait à contrecœur ses adieux à l'Armée pour commencer une nouvelle vie, bien différente de tout ce qu'il avait connu jusque-là.

Tout d'abord, il se sentit dépassé par l'importance et l'autorité que lui valait sa nouvelle position. Il resta non moins stupéfait en découvrant à quel point il devenait riche.

Le manque d'argent avait toujours marqué son existence et il se rendait compte qu'il n'était pas simple non plus d'être riche.

Ces années de gêne lui avaient appris à se montrer compréhensif et conciliant envers ceux qui devaient compter et économiser comme il avait été obligé de le faire.

Une chose cependant le mettait en rage : la malhonnêteté sous toutes ses formes.

Il avait toujours été très prompt à repérer parmi les hommes sous ses ordres ceux qui volaient, fraudaient ou trichaient pour obtenir des sommes qu'ils étaient incapables de gagner honnêtement.

En homme averti, le comte savait qu'un nouvel enrichi était une aubaine pour les gredins soucieux de mettre à profit son aveuglement ou sa négligence.

En conséquence, il avança avec prudence dans l'examen du domaine, notant çà et là des extravagances injustifiées, mais sans faire de remarques.

Il entreprit de surveiller tous ceux qui s'emplissaient les poches et attendit, pour frapper au bon moment les « trafiquants des livres de comptes », afin qu'ils ne puissent pas se défendre contre ses accusations.

Il jeta un regard sur le plan étalé devant lui et déclara :

– Je vois que vous avez récemment vendu de grosses quantités de bois, Matthews. J'aimerais que vous m'expliquiez combien ce bois a rapporté et qui l'a acheté.

Le regard du régisseur vacilla et Selwyn eut la certitude qu'une fois encore on cherchait à le tromper au sujet de ses comptes.

– Je n'ai pu mettre la main sur le matériel agricole indiqué ici. Mais je suis sûr qu'il se trouve rangé en quelque endroit du domaine où il me sera possible de l'examiner.

Le régisseur était maintenant si tendu que le comte devina que les états avaient été falsifiés et que la moitié des acquisitions portées sur les registres n'avait jamais existé.

– J'aimerais avoir en main tous ces renseignements demain matin, Matthews, dit-il, ainsi que la comptabilité du domaine.

– C'est du ressort de Lane, Milord.

– Très bien. Alors, ne perdons pas de temps et dites-lui d'apporter ses livres d'ici une heure pour que je les examine attentivement.

Le visage du régisseur était maintenant d'une pâleur de cadavre et le comte comprit qu'il ne s'était pas trompé en le supposant de mèche avec le comptable. Ensemble, ils avaient bel et bien « fait leur cuisine ».

Il se mit debout.

– Ce sera tout, Matthews, dit-il. Je vous verrai demain matin à dix heures.

– Très bien, Monseigneur, murmura le régisseur en se dirigeant vers la porte.

Brusquement, il s'arrêta indécis. Que faire? Passer aux aveux et donner sa démission? Finalement, il opta pour le silence et traversa la pièce d'un pas lourd avant de disparaître.

« Je suis sûr qu'il aura filé dès demain matin, à moins qu'il ne tente de faire du comptable son bouc émissaire en l'obligeant à supporter le blâme pour l'ensemble de leurs opérations, songea le comte. Comment mon oncle a-t-il pu accorder sa confiance à un tel homme? Il faut à tout prix que je me débarrasse de lui et de ses complices et que je me mette en quête de serviteurs plus honnêtes », se dit enfin Selwyn Gale, très déprimé de constater que ses domestiques étaient loin d'être des hommes de confiance, de ceux qui tiennent leur situation pour un privilège et respectent la famille à laquelle ils ont fait allégeance.

Le comte se reprit et se traita intérieurement d'idéaliste stupide. Partout, l'on pouvait rencontrer des escrocs et même parmi la beauté et la grandeur de Galeston, il fallait s'attendre à les voir dresser leurs têtes de reptiles.

Il était si fier de son héritage qu'il ne s'attendait certes pas à affronter l'esprit sordide qui régnait au château. Fou qu'il était d'avoir cru un instant à la perfection du monde! En fait, il lui faudrait travailler, se battre pour atteindre cette perfection tant désirée et faire face à de nombreuses déceptions.

Il se planta devant la fenêtre et regarda, par-delà l'étang, les grands arbres du parc; il devina les dix mille acres qui l'entouraient et se sentit submergé par une vague d'allégresse.

Tout ceci était à lui pour toute son existence, et, avec un peu de chance, il le transmettrait aux fils qui lui succéderaient.

« Je ne ferai pas la sottise de n'en avoir qu'un, songea le comte en se rappelant son cousin tué à la guerre. Je veux au moins une douzaine d'enfants! »

Puis il se mit à rire à l'idée qu'il lui faudrait d'abord trouver une femme. Ce ne serait sans doute pas bien difficile, maintenant qu'il avait tant à offrir à l'épouse de son choix.

Du temps de l'armée, il ne pouvait envisager le mariage à moins de choisir une femme riche, ce qui lui paraissait fort improbable; non seulement il n'aimait pas les femmes plus fortunées que lui, mais aussi il n'aurait pu entretenir celles qui l'attiraient avec sa maigre solde. Pendant ses années de service, il avait connu bien des jolies femmes de différents pays. Selwyn Gale était un jeune homme des plus séduisants, et qui avait vécu des passions brûlantes. Elles n'avaient été que de courts intervalles entre ses différentes missions.

Cependant, aucune de ses belles amies n'était capable de remplir toute son existence. Certes, elles appréciaient la force de ses bras et l'ardeur de ses baisers mais n'avaient nullement l'intention d'entrer dans la cohorte « qui suit les camps ».

« Je vous aime, Selwyn, lui avait dit une nuit l'une de ses plus belles conquêtes. Pourquoi n'êtes-vous pas quelque duc richissime ou quelque marquis bien pourvu? Si Harry venait à mourir, ce qui est bien probable vu la façon dont il boit en ce moment, nous pourrions être heureux pour toujours! »

Selwyn Gale n'avait pu s'empêcher de penser alors, avec un rien de cynisme, que l'amour véritable qu'elle venait de lui prouver n'était pas de l'espèce qui dure.

Dès qu'il aurait regagné son régiment, la dame qu'il tenait en ce moment dans ses bras se consolerait bien vite avec l'un de ses camarades. Et il devait s'avouer en toute honnêteté qu'il la trouvait certes très séduisante, mais qu'il penserait rarement à elle après son départ.

Il n'avait jamais songé au mariage, sauf pour le moment où il prendrait sa retraite et souhaiterait un peu de compagnie pendant les longues soirées d'hiver.

Aujourd'hui, à trente-trois ans, l'avenir apparaissait tout différent : épouser une personne convenable, qui serait la mère de ses enfants, devenait une préoccupation importante.

« Je commencerai à y penser lorsque j'aurai remis de l'ordre dans le domaine », décida-t-il. Il reconnaissait qu'il n'avait jamais été aussi heureux de toute sa vie que maintenant où il lui fallait réorganiser sa maison et ses terres.

Au régiment, son goût pour les changements et les améliorations était un sujet de plaisanteries pour ses camarades.

Grâce à sa façon méthodique de dresser un plan de bataille, il perdait souvent moins d'hommes que les autres officiers supérieurs. A présent, de la même manière, il mettait au point ses projets pour le domaine et se préparait à régler sa vie jusque dans les moindres détails.

« Commençons par le commencement ! » se dit-il en contemplant le parc.

Derrière lui la porte s'ouvrit, et il entendit le maître d'hôtel annoncer :

– Son Altesse Royale le prince Frédéric est arrivé, Monseigneur. Je l'ai introduit dans le salon bleu.

– Merci, Newman, je vais aller le rejoindre, répondit le comte.

Il se détourna un instant pour jeter un dernier regard au soleil couchant.

« Encore un nouveau problème, mais je sais bien comment le résoudre », se dit-il, satisfait de se sentir maître de la situation.

Il se détourna à regret du paysage et se dirigea vers la porte de la bibliothèque. Il se préparait mentalement à l'entrevue qui allait suivre, reléguant au fond de son cerveau ses propres difficultés pour ne prêter attention qu'au Prince qui l'attendait dans le salon bleu.

Il se rappela Napoléon parlant des « armoires de l'esprit » et se dit que c'était une bonne expression : il fallait classer les choses chacune dans son compartiment, de façon à fermer une porte avant d'en ouvrir une autre.

L'idée l'amusa et, le sourire aux lèvres, il pressa le pas dans la grande galerie, pleine de trésors amassés au cours des siècles par les membres de la famille Gale, jusqu'au salon bleu où l'attendait le prince Frédéric.

3

Tandis que la berline, attelée de quatre superbes chevaux, s'approchait du château de Galeston, Carmela sentait la terreur grandir en elle.

Le voyage pour Londres, la veille, avait été très plaisant et lorsqu'elle était arrivée dans la demeure des Galeston, dans Park Lane, elle ne s'était pas sentie trop nerveuse, certaine de ne pas y trouver le comte comme le lui avait assuré Félicité.

C'est son secrétaire, un homme d'un certain âge aux manières charmantes, qui l'avait accueillie. Il l'avait reçue comme une amie et lui avait parlé respectueusement de la comtesse qu'il avait connue jadis.

Fatiguée par le long voyage, elle avait demandé qu'on lui monte un plateau dans sa chambre puis elle s'était couchée de bonne heure.

Elle avait suivi à la lettre les instructions de Félicité et expliqué le plus naturellcment possible, la gorge nouée, pourquoi elle voyageait seule : sa femme de chambre était malencontreusement tombée malade au dernier moment et elle avait dû la laisser au château.

– J'avais pensé retarder mon arrivée, dit-elle au secrétaire du comte, mais j'ai craint de gêner mon cousin et je suis donc venue seule.

– Comme c'est fâcheux! Milady, avait répondu le secrétaire. Je vais m'assurer qu'une de nos femmes de chambre pourra vous accompagner demain jusqu'à Galeston.

Après une nuit de repos, Carmela s'amusa beaucoup en découvrant la digne femme de charge qui allait la chaperonner dans son voyage à la campagne. Un bonnet rivé sur ses cheveux gris, une sévère cape noire sur sa robe toute simple, elle semblait faire partie d'un décor ancestral et Carmela estima que les gens de Galeston ne pourraient qu'être impressionnés en la voyant.

C'était une vieille dame très bavarde, et la jeune fille, durant le voyage, apprit ainsi un certain nombre de renseignements précieux.

Le comte n'était revenu du continent que depuis deux mois et Carmela comprit pourquoi il n'avait pas été avisé de la mort de la comtesse ni pu assister aux funérailles.

La femme de charge lui apprit également que « c'était un gentleman de belle prestance », mais qui avait l'habitude de commander à des soldats.

Félicité avait raison : il était sûrement très autoritaire, et ne devait pas supporter que quiconque contrecarre ses projets.

La vieille femme évoqua ensuite le passé; il était clair que les récentes innovations, les idées nouvelles et les nouveaux devoirs rendaient nerveux le personnel.

Tout ceci était plutôt troublant, et Carmela se mit à redouter le moment de sa rencontre avec le comte et la perspective de vivre sous son autorité pendant quelque temps.

Certes, elle n'approuvait pas la folle entreprise de Félicité qui s'enfuyait avec lord Salwick avant même d'être mariée, mais elle avait le sentiment très net que son amie aurait risqué son bonheur si elle s'était rendue à Galeston comme on le lui ordonnait.

« Il me faudra être très prudente pour ne pas être démasquée jusqu'au mariage de Félicité et Jimmy », se dit Carmela. Elle fit une courte prière pour que lord Salwick se trouve bientôt libéré de son épouse démente et que Félicité, qu'elle aimait tant, puisse vivre parfaitement heureuse avec lui.

Seuls ses nouveaux vêtements lui donnaient un peu d'assurance. Les femmes de chambre s'étaient récriées à l'idée qu'elle puisse porter deux jours de suite la même tenue. Aussi avaient-elles déballé une très jolie robe de mousseline blanche à l'ourlet brodé de pensées, assortie à un bonnet à forme haute, et un manteau ajusté, des plus élégants, en soie d'un mauve pâle, orné de boutons violets, au col et aux parements d'un velours de la même couleur.

L'ensemble était si élégant que Carmela le soupçonna de venir de Paris, ce qui était aussi l'avis des femmes de chambre.

– Nous espérions que vous séjourneriez ici, Milady, avaient-elles déclaré; nous aurions pu ainsi admirer toutes ces belles toilettes. Il y a longtemps que nous n'avons vu de dame vraiment élégante, dans cette maison.

– Je pense que le comte donnera bientôt des réceptions, avait répondu Carmela pour dire quelque chose.

– Je l'espère bien, s'était exclamée l'une des soubrettes. C'est si lugubre de rester ici jour après jour, mois après mois, sans rien à faire. Mais Monseigneur est un homme jeune et il va peut-être se marier...

Ce disant, les femmes posaient sur Carmela un regard indiquant clairement qu'elles la verraient très bien en épouse du comte.

La jeune fille estimait cette idée parfaitement ridicule. Le comte et Félicité étaient cousins germains, et bien des familles auraient trouvé ce degré de parenté trop rapproché pour être acceptable.

« S'il a un époux en vue pour Félicité, se disait Carmela, il s'agira d'un autre Gale, à court d'argent. Je devrai faire très attention de n'encourager aucun de ces messieurs, sous peine de me retrouver mariée avant de savoir ce qu'il m'arrive, et sous un déguisement, encore ! »

Effrayante perspective ! Mais Carmela n'était pas trop inquiète : les longues fiançailles étaient de bon ton dans la haute société. Or, dans un mois ou deux, la femme de Jimmy serait morte et elle-même pourrait alors disparaître.

Cependant, en dépit du calme qu'elle s'imposait, son cœur bondit dans sa poitrine lorsque la femme de charge s'exclama :

– Nous arrivons, Milady ! J'espère que vous vous souvenez de la belle demeure qu'est Galeston.

– Je n'avais que cinq ans la dernière fois que j'y suis venue, répondit Carmela, et je crains de ne pouvoir me rappeler quoi que ce soit.

Lorsque quelques instants plus tard elle vit se dresser devant elle la vaste bâtisse, elle comprit qu'il était impossible d'oublier une construction aussi magnifique.

La comtesse, en son temps, lui avait expliqué que le château de Galeston, bâti sur le site d'un ancien monastère cistercien, avait été modifié, amélioré, et agrandi par des générations successives de Gale.

Au siècle précédent, le grand-père de Félicité y avait ajouté une nouvelle façade, ornée de hautes colonnes corinthiennes, en ramenant de Grèce statues et urnes pour en garnir le sommet.

Le résultat était on ne peut plus impressionnant et la demeure si vaste que Carmela se sentit soudain toute petite et insignifiante. Une nette appréhension l'envahit.

Les quatre chevaux ayant senti l'écurie allongèrent le pas en traversant le pont de pierre qui enjambait l'étang; les roues s'arrachèrent presque du sol et la berline, dessinant une courbe élégante, vint se ranger devant un porche imposant.

A l'arrivée de la voyageuse, on déroula un tapis rouge sur les marches et Carmela comprit qu'elle devait le fouler pour entrer dans la maison.

Elle descendit de voiture avec l'impression d'aller à l'échafaud. Rangés en bon ordre, les valets de pied, perruques poudrées et livrées impeccables, s'inclinèrent avec déférence sur son passage; terriblement mal à l'aise, Carmela les gratifia d'un sourire hésitant.

Elle fut accueillie en haut des marches par un maître d'hôtel d'âge mûr et qui avait l'air d'un archevêque.

– Bienvenue à Galeston, Milady! C'est un heureux jour pour nous que celui où vous revenez au château, déclara-t-il.

– Merci, fit Carmela. J'aurais seulement souhaité que ma grand-mère puisse m'accompagner.

– Nous aussi, Milady, croyez-le bien, dit le maître d'hôtel.

Il l'introduisit dans le grand hall de marbre orné de statues et de superbes tapisseries.

– Monseigneur vous attend, Milady. Il va vous rejoindre au salon.

Il ouvrit la porte d'une pièce magnifique, ornée de tableaux et où les fenêtres donnaient sur un jardin rempli de lilas et de seringas.

– Je vais informer Monseigneur de votre arrivée, dit le serviteur en la laissant seule.

Carmela reprit peu à peu ses esprits et se dirigea vers la fenêtre, impressionnée par l'immense pièce.

Brusquement, elle souhaita désespérément se retrouver dans sa maisonnette, avec son père installé devant l'une de ses toiles étranges et mystiques. Rien là-bas ne la tourmentait, à part leurs innombrables dettes.

Et voici qu'elle se trouvait mêlée à cette mascarade pour tromper le comte en se faisant passer pour Félicité; c'était non seulement périlleux mais extrêmement coupable. Comment avait-elle pu accepter de mentir ainsi, alors que sa mère lui avait répété cent fois : « Il ne faut jamais fuir la vérité, ma chérie, c'est trop lâche! Tiens-toi prête à affronter toujours courageusement les situations les plus désagréables. »

« Je ne mens pas pour mon propre compte », protesta intérieurement Carmela pour apaiser sa conscience. Mais son sentiment de culpabilité persistait : elle savait son acte inexcusable et répréhensible.

Carmela entendit la porte s'ouvrir et son cœur s'arrêta de battre. Elle se retourna lentement et vit le comte qui venait à elle.

Sans se le représenter trop précisément et vu la haine que lui vouait Félicité, elle s'était plutôt attendue à rencontrer un être rébarbatif et sombre.

Or, celui qui s'avançait vers elle était un bel homme, grand, mince et très élégant. Elle remarqua aussi qu'il n'en faisait pas cas et qu'il aurait sûrement été plus à l'aise dans son uniforme.

D'où lui venait cette idée? Car à mesure que le comte approchait, en rencontrant son regard pénétrant et critique, Carmela se dit qu'après tout il pourrait bien être l'ogre qu'elle avait imaginé d'après les descriptions de son amie.

– Je suis heureux de vous connaître, cousine Félicité, dit le comte en arrivant devant elle.

Carmela le gratifia d'une révérence.

Il prit la main qu'elle lui tendait avec une telle vigueur qu'un instant elle crut qu'il était en train de la capturer et qu'elle ne pourrait plus jamais lui échapper.

– Avez-vous fait bon voyage? demanda-t-il.

– Oui, merci, répondit Carmela. Vos chevaux sont très rapides et nous n'avons pas flâné en route.

– Venez vous asseoir, suggéra le comte. Puis-je vous offrir un rafraîchissement?

– Non merci.

– Le repas va être bientôt servi. Je suis sûr que vous mourez d'impatience de redécouvrir ce lieu que vous n'avez pas revu depuis tant d'années.

– Oh oui, bien sûr, convint Carmela qui, honteuse, avait du mal à regarder en face son interlocuteur.

Mais elle sentait les yeux du comte qui scrutaient son visage et il lui sembla qu'il ne détaillait pas seulement ses traits mais tâchait de deviner ses pensées les plus profondes, comme s'il la suspectait déjà de supercherie.

« C'est ridicule, se reprit-elle intérieurement. Je ressemble tant à Félicité, je porte ses vêtements et aucun des autres Gale ne l'a vue depuis l'âge de cinq ans. Pourquoi iraient-ils penser que je suis une autre personne? »

– Je vois que vous êtes toujours en demi-deuil de votre grand-mère, dit le comte. Je n'étais pas en Angleterre au moment de sa mort, et n'ai appris votre état qu'il y a un mois à peine.

Carmela ne répondit rien, se contentant d'incliner la tête. « C'est aussi ce jour-là qu'il a découvert l'ampleur de la fortune de sa pupille! » songea-t-elle.

Comme il paraissait attendre une réponse, elle finit par dire à voix basse :

– Je me trouvais en France, chez des amis de grand-mère.

– En France? dit le comte. Je savais que vous n'étiez pas chez vous, mais je ne pensais pas que vous fussiez à l'étranger.

– Grand-mère avait du sang français dans les veines et elle a toujours voulu que je connaisse ce pays dont elle avait de si heureux souvenirs.

– Et qu'en pensez-vous, tel qu'il est actuellement? s'informa le comte.

– J'ai aimé le pays et ses habitants, répondit évasivement Carmela.

– Ils ont beaucoup souffert sous Napoléon, dit-il. Nous ne pouvons qu'espérer qu'ils seront capables de reconstruire eux-mêmes leur nation et de jouer leur rôle dans la restauration de l'Europe.

Il parlait presque comme si cela lui importait personnellement, et Carmela le regarda, curieuse. Elle eût souhaité le questionner sur la France, mais c'était là un sujet dangereux, vu sa propre ignorance.

Elle se contenta donc de déclarer :

– J'ai toujours entendu parler de la magnificence de cette demeure, mais elle est encore bien plus grande et impressionnante que je ne m'y attendais.

Le comte sourit.

– C'est aussi ce que j'ai ressenti à mon retour, quand je suis venu prendre ma place à la tête de la famille.

Il hésita avant d'ajouter :

– Vous comprenez maintenant que je suis votre tuteur, Félicité; et j'ai des projets d'avenir pour vous dont nous parlerons plus tard. Je suis sûr que vous souhaitez maintenant vous changer avant le déjeuner.

– Oui, je vous remercie, répondit Carmela en se levant hâtivement.

Le comte la reconduisit jusqu'au pied de l'escalier puis déclara en désignant l'étage :

– Vous trouverez là-haut votre femme de chambre, Mrs Humphries, qui se souvient très bien de votre naissance. Elle attend de vous montrer votre chambre et vous installera très confortablement, j'en suis sûr.

– Merci infiniment.

Carmela monta l'escalier, soulagée de laisser le comte. Elle fut accueillie avec effusion par Mrs Humphries, qui lui raconta quelle charmante petite fille elle avait été et combien tout le monde, au domaine, regrettait sa grand-mère.

– Jamais plus on ne verra quelqu'un comme Madame, dit-elle en aidant Carmela à se défaire de sa tenue de voyage. Elle ressemblait à une reine, quand on donnait des réceptions ici, à Galeston. Mais en ce temps-là, je n'étais qu'une enfant et la maison me semblait un palais!

– Elle le paraît encore maintenant, sourit Carmela.

– Nous espérons seulement que Monseigneur va recevoir beaucoup et que nous aurons de belles soirées comme autrefois, dit Mrs Humphries.

Puis elle raconta comment la tristesse et la morosité s'étaient abattues sur le château depuis que le jeune vicomte avait été tué en France, et comment son père ne s'en était jamais remis.

– Monsieur votre père a tellement souffert! dit Mrs Humphries. Aussi espérais-je que vous viendriez le réconforter. Après tout, Milady, vous étiez sa chair et son sang, comme on dit!

– Mais personne ne m'a jamais suggéré de venir auprès de lui, dit Carmela avec l'impression que Mrs Humphries lui reprochait un manque de considération pour son père.

– Toutes ces discordes ne valent rien dans les

familles, Milady, c'est sûr! C'est déjà assez malheureux de voir les nations se battre entre elles, mais quand on voit la mère dressée contre son fils et la famille brisée, alors ce n'est pas juste, et personne ne me persuadera du contraire, conclut la femme de chambre.

– Je suis entièrement d'accord avec vous, dit Carmela.

– Enfin, vous voici de retour, Milady, et bien que votre père, Dieu ait son âme, ne soit plus là, je suis sûre que vous serez d'une grande aide auprès de Monseigneur.

Carmela fut tentée de dire que Monseigneur semblait parfaitement se suffire à lui-même et n'avoir besoin de personne.

Plus elle pensait au comte, plus elle se convainquait que c'était un homme effrayant, mais cependant différent de l'idée que s'en faisait Félicité. Elle savait seulement qu'avec lui elle aurait à se tenir sur ses gardes. « Il est toutefois normal qu'il se montre soupçonneux à l'égard d'une personne restée tant d'années loin de sa famille, mais sa façon de me jauger du regard ne me plaît pas », songea-t-elle.

Elle revêtit une des ravissantes toilettes de Félicité, toute blanche, avec, comme seule touche de deuil, des escarpins mauves, et un ruban parme dans les cheveux. Mrs Humphries l'escorta jusqu'au haut de l'escalier.

– Comme vous êtes belle, Milady! s'exclama-t-elle. Maintenant, ne songez plus qu'à vous réjouir d'être ici autant que nous sommes heureux de vous avoir parmi nous. Et tout le monde sera content!

Tout en parlant, la brave femme avait jeté un coup d'œil dans l'entrée comme si elle appréhendait d'avoir été entendue par le comte.

« Même les domestiques le craignent », songea-t-elle, perplexe.

Elle se mit à descendre l'escalier, consciente de l'élégance de sa robe, de son nouveau style de coiffure et du léger nuage de poudre sur son petit nez.

Un valet de pied se précipita à travers le hall pour ouvrir devant elle la porte du salon et, en entendant un bruit de voix, elle s'aperçut que le comte n'était pas seul.

Surprise, elle se raidit pour affronter de nouveau des étrangers; s'il y avait parmi eux des parents de Félicité, il lui fallait à tout prix éviter de commettre un impair susceptible de la trahir.

Elle pénétra dans le salon et aperçut, à l'autre extrémité, en conversation avec le comte, un jeune homme à la mise fastueuse. « Un parfait dandy », se dit-elle en avançant timidement.

Sa cravate, d'un blanc éblouissant, était nouée de façon compliquée et les pointes de son col montaient très au-dessus de son menton. Il donnait l'impression d'avoir été littéralement moulé dans son habit, tant celui-ci était collant.

Il portait des bottes à galons d'or, éblouissantes, et lorsqu'il agita la main, le soleil fit étinceler une gemme à son doigt.

Le comte et son compagnon avaient interrompu leur conversation et la regardaient approcher. Lorsqu'elle fut près d'eux, le comte déclara :

– Permettez-moi, monsieur, de vous présenter ma cousine Félicité Gale – Son Altesse Royale le prince Frédéric von Horngelstein.

Se ressaisissant, Carmela fit sa révérence et le Prince s'inclina pour dire en excellent anglais :

– Je suis ravi de faire votre connaissance, Milady!

– Ma cousine n'était pas revenue à Galeston depuis son enfance, expliqua le comte, et la maison lui paraît aussi impressionnante qu'à moi-même.

– Cela doit certainement vous changer des endroits délabrés et sans confort où vous logiez pendant la guerre, fit remarquer le Prince.

– C'était certainement vrai au Portugal, répondit le comte, mais dans votre pays, monsieur, j'ai été extrêmement bien installé.

– Vous étiez plus gâté que moi! fit le Prince en riant.

En s'approchant de lui, Carmela se rendit vite compte que le Prince n'était pas anglais. Qui peut-il bien être? se demanda-t-elle. Le cousin Selwyn a fait partie de l'armée d'occupation après la fin des hostilités, et a dû séjourner dans le pays du Prince.

Faisant appel à ses souvenirs, elle tenta de se rappeler où se trouvait Horngelstein et pensa qu'il devait s'agir d'une de ces petites principautés germaniques envahies par Napoléon et qui avaient retrouvé leur souveraineté grâce au Traité de Vienne.

« Mais où ce territoire se situe-t-il sur la carte? » se dit-elle, torturée par son ignorance et soulagée que les deux jeunes gens mènent leur conversation sans se soucier d'elle.

Mais le Prince l'avait remarquée : durant tout le repas, Carmela sentit sur elle ses yeux qui ne la quittaient pas. Il semblait « prendre sa mesure », exactement comme son hôte peu auparavant et, peut-être, estimer ses qualités et ses défauts.

Mais pourquoi le jeune Allemand séjournait-il en Angleterre? Il semblait dans les meilleurs termes avec le comte à qui il manifestait force admiration et même gratitude.

« Il est clair que le comte l'a aidé à se réinstaller dans ses États, se dit Carmela. A la première occasion, je chercherai dans un atlas des renseignements sur son pays que j'ignore. »

Le repas, excellent, fut servi par de nombreux valets de pied en livrée; l'argenterie, superbe, rutilait sous les feux des lustres de la salle à manger, elle-même très imposante avec ses portraits des ancêtres peints par des artistes célèbres.

« J'aimerais tant que papa soit là », se dit Carmela en elle-même.

Il aurait su au moins identifier la plupart des peintures et n'aurait pas manqué de raconter des anecdotes amusantes sur les artistes. Elle se souvenait de ses propos, un jour qu'ils parlaient peinture ensemble :

– Je voudrais tellement t'emmener avec moi à Florence ou à Rome.

Mais elle était seulement désireuse en cet instant de l'avoir là, près d'elle, pour qu'il lui fasse connaître la collection de maîtres anglais, français et hollandais que possédaient les Gale.

Le comte l'interrompit dans sa rêverie et Carmela sursauta.

– Vous paraissez bien sérieuse, Félicité. Quelque chose vous préoccupe?

– Mais non, mon cousin, répondit Carmela. Je contemplais vos tableaux.

– Quand je ramènerai la collection que Napoléon m'a volée et emmenée à Paris, je pense que vous l'apprécierez, dit le Prince avant que son hôte ait pu parler. Elle comprend quelques magnifiques exemplaires d'art médiéval qui vous intéresseront, j'en suis sûr.

– La peinture me passionne, répondit Carmela. Vous dites que votre collection a été dérobée... Auriez-vous quelque difficulté à la récupérer, maintenant que la guerre est finie?

– En tout cas je m'y efforce, dit le Prince, et j'ai besoin de l'aide de votre cousin pour m'assurer que le gouvernement français ne me trompe pas.

– J'ai déjà parlé de votre affaire au duc de Wellington, dit le comte, et il m'a promis de faire tout son possible pour que justice vous soit rendue.

– C'est tout ce que je demande, répliqua le Prince. Ne pensez-vous pas, Milady, que nous avons droit à un peu de justice, après les horreurs et les privations de la guerre?

– Bien entendu! convint Carmela. J'espère que Votre Altesse Royale verra sa quête couronnée de succès.

– Avec votre aide, j'en suis certain, répliqua le Prince.

Carmela le considéra avec de grands yeux. Avait-elle bien entendu? Peut-être le Prince voulait-il seulement dire qu'elle pourrait aider son cousin à rechercher ses trésors et s'efforcer de les renvoyer dans leur pays d'origine?

Le repas achevé, ils passèrent dans la bibliothèque vaste et imposante. Le Prince prit congé rapidement et le comte et Carmela restèrent seuls.

Carmela, fascinée, ne pouvait détacher ses yeux des rayonnages chargés de livres. Ah, si elle pouvait tous les lire! Mais il lui fallait tout d'abord un atlas.

Aussi, la porte à peine refermée, déclara-t-elle au comte :

– J'ignore absolument tout du pays de Son Altesse Royale. Pensez-vous que je puisse trouver un atlas dans cette superbe collection?

– Oui, j'en suis sûr, répondit le comte. Je vais chercher le catalogue.

Il se dirigea vers une table où étaient éparpillés livres et papiers et reprit :

– Je suis ravi de découvrir que vous vous intéressez au Horngelstein.

– Je suis curieuse de savoir où se situe cette

région et quels sont ses habitants. D'après leur nom, je suppose qu'ils parlent l'allemand.

– Horngelstein est à la frontière de l'Allemagne et de la France, répondit le comte, et la population se considère comme appartenant tout autant à l'un qu'à l'autre pays. Ce sont des personnes affables et pacifiques, très soulagées que la guerre soit finie.

– Comme tout le monde, remarqua Carmela.

Le comte, qui fouillait dans ses papiers, finit par s'exclamer :

– Ah, voici le catalogue!

Il avait trouvé ce qu'il cherchait et tendait à Carmela un livre relié en cuir rouge. Elle le déposa avec précaution sur le bureau qui occupait le centre de la pièce, le feuilleta et finit par tomber sur une carte de l'Europe. Le comte posa le doigt sur un petit pays juste à la frontière française en disant :

– Voilà le Horngelstein. Votre futur pays!

Carmela s'immobilisa brusquement. Puis, au bout d'un instant, elle demanda :

– Vous avez bien dit... *mon* pays?

– Je pensais que vous aviez compris pourquoi le Prince se trouve ici.

Carmela le regarda en face tout en balbutiant :

– Je... je ne comprends pas... ce que... vous essayez de me dire.

– Laissez-moi vous expliquer, répliqua-t-il. En tant que tuteur, j'ai arrangé un mariage – très brillant, très avantageux pour vous – avec son Altesse Royale le prince Frédéric!

Carmela sentit monter la colère en elle.

– Vous avez décidé cela... sans me demander... mon avis?

– Je ne pouvais imaginer que vous refuseriez...

Il y avait dans la voix du comte une note de surprise sincère et la jeune fille se hâta d'ajouter :

– Mais tout naturellement j'ai des objections! Pensez-vous qu'une femme puisse accepter d'épouser un homme qu'elle n'a jamais vu auparavant, et avec qui elle n'a bavardé que quelques minutes?

Le comte la regarda, incrédule, puis il ajouta :

– Jamais je n'avais imaginé que vous ne seriez pas ravie de devenir reine.

– Comment avez-vous pu croire cela? répondit Carmela. Sachez, monsieur, que les femmes ont des sentiments, tout comme les hommes!

Un moment, le comte parut chercher ses mots pour exprimer sa pensée. Il dit enfin :

– Je puis m'être trompé, mais j'ai toujours cru que les jeunes filles contractent des mariages arrangés par leurs parents et qu'elles acceptent sans discuter ce qu'on leur propose.

Telle était, bien souvent, la triste réalité.

Très jeune, Jimmy Salwick avait été contraint au mariage parce que ses parents et ceux de sa femme jugeaient cette union avantageuse et Carmela savait bien qu'il n'avait jamais été question d'amour entre eux.

Elle se rappelait aussi les récits terrifiants de Félicité sur certaines de ses amies, mariées de force à des hommes pour lesquels elles éprouvaient une réelle aversion. C'est pour cette raison qu'elle avait redouté de venir à Galeston; le comte étant son tuteur, elle ne pouvait s'opposer à ses décisions.

« Mais moi je dois lutter, se dit Carmela, non seulement parce que je ne suis pas celle qu'il croit mais aussi parce que mon père et ma mère m'ont trop longtemps encouragée à penser par moi-même. »

Même si le Prince avait souhaité réellement épouser Carmela Lyndon, une jeune fille sans importance, elle n'aurait pas pu accepter sa façon autoritaire d'agir.

« Félicité a raison d'affirmer que les Gale sont brutaux et dominateurs, s'exclama Carmela intérieurement. Le Prince a désespérément besoin d'argent pour son pays ravagé par la guerre. Voilà pourquoi Selwyn Gale lui a arrangé un mariage avec une jeune femme très riche. »

Carmela sentit sur elle le regard perplexe du comte et si la situation n'avait été aussi inconfortable, elle aurait pu s'en amuser.

– Peut-être, aurais-je dû vous annoncer la nouvelle avec plus d'égards, concéda-t-il un moment plus tard. Mais laissez-moi vous dire que le Prince est un être charmant et délicat, je le connais bien. Il a beaucoup souffert, c'est un homme humilié et malheureux de voir son pays envahi par les Français et son palais mis au pillage.

– Je suppose qu'il a aussi besoin d'argent!

– Naturellement, convint le comte, et je ne puis imaginer meilleure façon de dépenser votre grande fortune, Félicité, qu'en aidant ce jeune homme avenant et capable à faire le bonheur de son peuple.

Comme Carmela restait silencieuse, il poursuivit :

– Ce pays a besoin d'écoles et d'hôpitaux et il faut reconstruire les églises. Je suis certain que vous ne pouvez qu'approuver mon idée.

– D'épouser un homme que je ne connais pas? fit la jeune fille.

– Je vous ai dit qu'il est charmant.

– C'est peut-être votre opinion, fit-elle, mais ce n'est pas vous qui devrez vivre avec lui dans un pays inconnu, entouré d'étrangers.

– Je suis sûr que vous gagnerez sur-le-champ l'amitié du Prince et de son peuple, répliqua patiemment le comte.

– Peut-être, si je le souhaitais vraiment, repartit

Carmela. Mais laissez-moi vous dire clairement, Monseigneur, que je n'ai pour le moment nulle intention de me marier, et certainement pas à un Prince étranger rencontré il y a à peine une heure!

Le comte reposa brusquement le catalogue sur la table et s'approcha d'elle.

– Tout ceci est ridicule, Félicité! dit-il. Vous avez tort de réagir de cette façon. Je me suis déjà excusé pour ma précipitation, mais apprenez qu'il vous faudra vous marier tôt ou tard. Et je n'ai aucune envie de vous voir pourchassée par les coureurs de dot.

– Et qu'est donc le Prince?

Carmela était trop furieuse pour songer à avoir peur. « Quelle chance que Félicité soit en chemin pour la France avec Jimmy, et non ici à lutter contre cet être implacable », se disait-elle. Car elle voyait bien que la colère montait en lui. L'expression de son regard et son menton carré montraient assez qu'il était aussi obstiné et déterminé que tous les Gale, quand on les contrariait.

Dressés l'un contre l'autre, ils restaient là à se défier. Grand et large d'épaules, le comte écrasait de sa stature Carmela qui ressentit un léger trouble.

Heureusement pour elle, elle n'était qu'un humble sosie accablé par la pauvreté et elle pouvait se permettre de combattre au nom de ses propres principes. Le moment venu, elle n'hésiterait pas à jeter bas le masque et plus question, pour le Prince, d'épouser une jeune fille sans fortune!

– Il est inadmissible qu'une femme puisse être vendue au guichet, telle une marchandise, reprit Carmela. Nous aussi avons des sentiments et pour ma part, je ne voudrais pas épouser un homme, si important soit-il, à moins que je... ne l'aime... qu'il ne m'aime.

– Vous me confondez, dit le comte. Et comment comptez-vous jamais savoir, avec votre fortune, si un homme vous aime pour vous-même ou pour votre argent?

Un moment, Carmela resta silencieuse, puis elle reprit :

– Je pense que l'amour... le vrai... doit être impossible à déguiser ou à feindre. Et à moins d'être très sotte, on ne saurait se laisser prendre à des compliments dictés par la cupidité, ou à des mots d'amour... non sincères.

Désarçonné, le comte se dirigea vers la fenêtre et laissa errer son regard sur le parc.

Après un long silence, il reprit :

– Je vous avoue que je connais bien peu le caractère des jeunes filles, et je n'avais pas imaginé un seul instant que vous n'accepteriez pas ma décision. En fait, j'ai cru vous faire une faveur.

– Dites plutôt une insulte à mon intelligence!

– Je croyais que toutes les jeunes personnes fraîches émoulues n'étaient que des oies blanches, avoua le comte, et vous me prouvez le contraire aujourd'hui.

– Vous n'avez jamais rencontré ma grand-mère, mais vous devez en avoir entendu parler, répliqua Carmela. Ici, les vieux domestiques ne l'ont pas oubliée et elle m'a donné une éducation supérieure à celle des meilleures universités!

Le comte eut un petit rire.

– Je commence à comprendre maintenant pourquoi tous ceux que j'ai rencontrés depuis mon arrivée parlent de la querelle entre votre père et sa mère comme d'une catastrophe mondiale!

– Peut-être. Toujours est-il qu'elle est partie d'ici en jurant de ne jamais y remettre les pieds! Ce qui ne l'a pas empêchée de mener ailleurs une existence très digne.

– Avez-vous l'intention de vous montrer aussi terrifiante et déterminée? demanda le comte sur un ton ironique.

– Parfaitement! répliqua Carmela.

Elle se rappelait combien elle avait admiré et aimé la comtesse et quelle chance elles avaient eue avec Félicité de vivre aux côtés d'une femme aussi remarquable.

Il y eut un silence. Puis le comte déclara :

– Vous n'avez que dix-huit ans, Félicité. Votre grand-mère n'est plus et je suis maintenant votre tuteur. Il vous faudra m'obéir malgré les principes de votre éducation

– Et si je refuse?

– Alors, j'aviserai et trouverai le moyen, malgré ma répugnance, de vous contraindre à respecter mon autorité.

Carmela sourit dédaigneusement.

– Que suggérez-vous? demanda-t-elle. M'enfermer dans la plus haute tour? M'affamer ou me battre jusqu'à parfaite soumission? Ou simplement me traîner, hurlante, jusqu'à l'autel?

Son ton était moqueur mais le timbre de sa voix, doux et musical, n'était pas agressif.

– Je connais un moyen plus simple. Étant votre tuteur, j'ai l'usage de votre fortune et suis maître d'en user comme je l'entends jusqu'à vos vingt et un ans.

En un éclair, Carmela comprit qu'il pouvait également empêcher Félicité de disposer de son argent. « Comment faire pour la prévenir? » se demanda Carmela tout en cherchant une réponse à cette dernière parade du comte qui, pleinement conscient de sa défaite, la savourait en silence.

« Je le déteste! » se dit-elle.

Comme il venait de remporter une manche, Carmela sentit qu'elle devait se montrer extrêmement prudente pour ne pas nuire à Félicité.

Le comte se détourna enfin de la fenêtre et revint vers elle.

– Je crois, Félicité, que nous sommes tous deux un peu trop pressés de tirer nos dagues et d'entamer le combat sans nous demander qui sortira blessé de cette affaire.

Carmela le regarda sans rien dire et il poursuivit :

– Allons-nous recommencer? Je vous présente mes excuses pour avoir agi précipitamment et vous prie de considérer ma proposition.

Carmela comprit fort bien que cette concession ne mettait pas un terme à la bataille qu'ils venaient d'amorcer et que le comte comptait bien remporter.

Cependant, elle accepta la trêve qu'il lui proposait et dit en baissant le ton :

– Il est vrai que vous m'avez attaquée par surprise mais si je parviens à étudier votre offre et à voir le Prince sous un meilleur jour qu'en ce moment... peut-être changerai-je d'avis...

Elle surprit le sourire satisfait du comte.

– Mais vous comprendrez que grand-mère a disparu depuis bien peu de temps; je suis encore en deuil et il m'est impossible de songer à me marier avant plusieurs mois.

Le comte fronça légèrement les sourcils. Il n'avait pas envisagé cette éventualité, pas plus d'ailleurs que Carmela.

– Je ne crois pas que votre grand-mère aurait souhaité vous voir la pleurer plus longtemps qu'il n'est nécessaire, fit-il après quelques instants.

– La durée d'un deuil dépend davantage des sentiments qu'on éprouve que de ce qui est inscrit dans le code social, répliqua Carmela avec une douceur trompeuse.

– J'entends bien, reconnut le comte. Mais je souhaite que vous réfléchissiez au meilleur emploi de votre fortune, aux gens que vous aideriez par votre générosité, et à ce que je crois sincèrement être le bonheur que vous trouveriez auprès d'un jeune homme remarquable et tout à fait charmant.

– Je ne manquerai pas d'y réfléchir, répondit Carmela.

Le comte lui tendit la main.

– A la bonne heure! dit-il. En attendant, essayons de devenir amis plutôt que d'entamer une nouvelle guerre au sein de la famille Gale.

Résignée, Carmela mit sa main dans celle du jeune homme. Une fois encore, elle éprouva la force de ses doigts et comprit alors qu'il l'attirait, s'imposait à elle, et qu'il lui faudrait lutter pour lui tenir tête.

4

Carmela avait passé une robe ravissante et descendait l'escalier pour aller dîner, songeant que, n'était la crainte de nuire involontairement à Félicité, sa vie au château aurait pu être très plaisante.

Le comte avait fait la paix pour le moment et s'appliquait à se montrer charmant, ne la traitant plus comme une écolière dissipée, mais en femme sensée.

Depuis deux jours, Carmela avait apprécié son effort de tenir compte des sentiments d'une femme plutôt que des siens, et ce, pour la première fois de son existence.

Désormais, il la faisait participer à toutes ses conversations avec le Prince, lui demandait son opinion et l'écoutait même avec attention.

Carmela était persuadée qu'en temps normal il ne devait penser qu'à faire la loi et à voir tout le monde lui obéir. Toutefois, le protocole et les bonnes manières le contraignaient à marquer de la déférence au Prince, malgré l'admiration immense et proche de l'adoration que lui vouait le jeune homme.

Aussi, Carmela se chargeait-elle de rétablir un certain équilibre et, lorsqu'elle pouvait se montrer sous son vrai jour sans trahir Félicité, elle se plaisait à se livrer avec le comte à un duel verbal plein d'esprit et de fougue.

Ses connaissances en matière d'art avaient surpris Selwyn, beaucoup moins averti qu'elle dans ce domaine. Il avait été encore plus étonné de découvrir qu'elle n'ignorait rien de la situation politique européenne et de ses difficultés. Elle tenait cet enseignement non de son père qui s'était chargé de son éducation artistique, mais de la comtesse qui, grâce à sa longue fréquentation des hommes d'État et des politiciens, s'était toujours intéressée à tout ce qui se passait, non seulement à l'étranger mais aussi dans le pays et au Parlement.

Chaque jour, Carmela et Félicité devaient lire à voix haute les discours des parlementaires reproduits dans les principaux journaux.

La comtesse leur apportait ensuite les éclaircissements nécessaires et faisait aux jeunes filles des descriptions détaillées des meneurs politiques qu'elle connaissait personnellement pour la plupart.

Félicité ne s'était jamais intéressée à ces séances qui passionnaient Carmela et elle utilisait maintenant ses connaissances pour surprendre le comte et même le désorienter.

« Que va-t-il s'imaginer? Que toutes les jeunes filles sont stupides? » se disait-elle avec indignation, tout en faisant de son mieux pour lui prouver qu'il se trompait totalement.

Le soir précédent, ils avaient eu une discussion animée à propos des réformes que l'on tardait à appliquer pour l'amélioration du sort des paysans.

– Il y a longtemps que j'ai quitté l'Angleterre, avait déclaré le comte, mais je ne puis croire que les choses aillent aussi mal que vous le dites.

– La situation est catastrophique, répondit Carmela. Les denrées alimentaires à bas prix en provenance d'Europe commencent à inonder le marché et beaucoup de nos fermiers anglais ont déjà fait faillite.

Voyant l'expression incrédule du comte, elle ajouta :

– Demandez combien de banques l'an dernier ont dû fermer leurs portes en province, et si vous interrogez vos tenanciers plutôt que vos employés, vous découvrirez qu'ils luttent désespérément pour garder la tête hors de l'eau.

Le comte resta un moment silencieux puis dit :

– J'aurais cru que les jeunes femmes de votre âge étaient bien trop occupées à danser pour s'intéresser aux peines des classes laborieuses.

– Mais nous avons des yeux pour voir et des oreilles pour entendre, répliqua Carmela. Nous pourrions aussi, mon cousin, considérer le sort des mutilés de guerre. Comment parviennent-ils à vivre sans recevoir aucune pension depuis qu'ils ont été renvoyés de l'armée? Peut-on décemment les laisser vivre d'expédients et de mendicité dans les rues?

Les souffrances qu'elle avait vues de ses yeux et dont elle avait lu les échos dans la presse la révoltaient et elle avait parlé avec agressivité. Ses yeux flambaient d'une telle flamme que le comte la trouva d'autant plus attachante.

Il regarda le Prince à la dérobée, avec l'espoir que lui aussi écoutait et admirait Carmela, mais son voisin, les yeux baissés sur son assiette, émiettait du pain d'un air absent.

– Quelque chose vous chagrine, monsieur? demanda le comte.

Le Prince sursauta et répondit au bout d'un instant :

– Je me disais que si de telles choses se produisent dans un pays riche et prospère comme l'Angleterre, la situation doit être terrible au Horngelstein!

Il y eut un silence et Carmela comprit que la réponse à cette question était évidente pour le comte : bientôt, le jeune Prince disposerait de la fortune de lady Félicité et pourrait la dépenser au bénéfice de ses compatriotes dans le besoin.

Le sujet était périlleux aussi se hâta-t-elle d'ajouter :

– Cette conversation assomme Son Altesse Royale. Parlons d'autre chose, voulez-vous? Je suis sûre que vous devriez être à Londres en cette saison, pour assister aux réceptions que donne le Prince Régent au château de Carlton.

– Y êtes-vous déjà allée? demanda le prince.

Carmela secoua la tête.

– Je devais être présentée cette année à la Reine, au palais de Buckingham, si ma grand-mère n'était pas morte.

– Vous avez dû être terriblement déçue.

– J'ai été surtout affectée par la perte de ma grand-mère, qui était une personne des plus remarquables.

Elle observa le comte sous ses cils baissés et ajouta sur un ton provocant :

– Elle était pleine d'esprit, mais avait peut-être trop de personnalité pour la famille Gale. Toutefois, jamais ils ne sauront ce qu'ils ont perdu durant toutes ces années loin d'elle.

– Vous pouvez difficilement me blâmer pour cela, fit le comte amusé.

– Grand-maman disait toujours que les Gale sont obstinés et tranchants, peu enclins à considérer le point de vue d'autrui, mais uniquement le leur.

Le comte éclata de rire.

– C'est ce que vous pensez de moi?

– Je ne me permettrais pas de me montrer impolie envers mon hôte au point de lui attribuer l'une de ces caractéristiques, fit Carmela d'un ton mutin. Mais vous êtes un Gale!

– Et vous aussi! répliqua-t-il.

– Il y a toujours un canard boiteux dans chaque famille.

– C'est ainsi que vous vous voyez? fit-il en la défiant. Je puis imaginer quelques descriptions plus flatteuses.

– Moi, tout autant, s'interposa le Prince. Car vous êtes charmante, lady Félicité, et je suppose que beaucoup d'hommes vous l'ont déjà dit.

Mais ses paroles étaient dénuées d'ardeur et de sincérité et si Carmela pouvait surprendre de l'admiration dans son regard, elle voyait bien qu'il n'était pas épris d'elle.

Elle avait déjà remarqué à plusieurs reprises qu'au plus fort de la conversation et alors qu'il lui tournait ses compliments, une part de lui-même semblait ailleurs. Elle décida d'en avoir le cœur net et de le mettre à l'épreuve pour s'assurer qu'elle avait vu juste.

L'occasion se présenta après le dîner; les jeunes gens la rejoignirent au salon, mais le comte dut s'absenter presque aussitôt.

Il se leva, s'excusa et suivit le domestique qui était venu le chercher.

– Je me demande ce qui se passe, remarqua Carmela.

– Est-ce important? fit le Prince.

Il s'assit auprès d'elle sur le sofa, un verre de cognac à la main, et déclara :

– Maintenant, je puis vous parler. Je me demande parfois si notre hôte, si délicieux soit-il, n'est pas un chaperon un peu trop efficace.

– Nous n'avons certainement rien à nous dire que le comte ne puisse entendre.

– C'est inexact, dit le prince. Je préférerais vous voir plus souvent seul à seul, lady Félicité, et il est très difficile de vous faire la cour devant un auditoire.

Carmela détourna rapidement son regard.

– Voilà un sujet que je préférerais éviter, dit-elle. Nous venons à peine... de faire connaissance, Votre Altesse Royale... Soyez assuré que... je souhaite être votre amie... mais il n'est pas question de... d'autre chose entre nous.

Elle balbutiait un peu en s'efforçant de choisir avec soin ses mots et, après un moment de silence, le Prince reprit :

– Vous n'ignorez pas que votre tuteur a donné son accord en ce qui concerne ce mariage!

– Il m'en a parlé et je l'ai informé que je n'épouserai pas un homme dont je ne suis pas amoureuse.

Le Prince posa son verre sur une table basse près du sofa puis se pencha pour prendre la main de Carmela.

Elle eut un frisson désagréable à son contact, il répondit :

– Mon pays et moi-même avons besoin que vous deveniez mon épouse.

– Vous voulez dire en fait, répliqua Carmela, que vous avez besoin de ma... fortune pour réparer les ravages de la guerre.

Craignant d'offenser le jeune homme, elle se hâta d'ajouter :

– Cela m'est un grand honneur que Votre Altesse ait pu songer à moi... Mais je ne suis qu'une simple jeune fille anglaise qui souhaite épouser un homme qui partage ses sentiments.

– Et vous ne pensez pas pouvoir m'aimer quand nous nous connaîtrons mieux? demanda le Prince.

– Peut-être, mais je ne puis m'empêcher de

croire – Votre Altesse me pardonnera si je me trompe – que votre cœur est déjà pris, ajouta Carmela avec audace, mais elle était presque sûre de ne pas commettre d'erreur car le Prince, avec son air songeur et triste, devait penser à une absente.

Ses paroles le firent sursauter et ses doigts serrèrent la main de Carmela, comme à la recherche d'un soutien.

– Pourquoi dites-vous cela? demanda-t-il.

– J'ai l'impression que vous songez à quelqu'un et que cette personne compte beaucoup pour vous, répondit-elle.

Le Prince poussa un profond soupir.

– Vous êtes, comment dit-on, bien clairvoyante!

– C'est donc vrai?

Il hocha la tête.

– Et vous ne pouvez pas l'épouser? demanda doucement Carmela.

– C'est mon plus cher désir, mais je dois vous avouer que je suis un lâche, ajouta le Prince avec un nouveau soupir.

– Un lâche? interrogea Carmela.

A nouveau, les doigts du jeune homme pressèrent les siens pour en tirer la force qui lui manquait et il poursuivit :

– Je l'aime plus que tout! Mais elle est... française.

– Je comprends. Après ce que votre pays a souffert sous Napoléon Bonaparte, votre peuple n'accepterait pas volontiers une princesse de cette nationalité.

– Peut-être comprendrait-il avec le temps et s'il n'y avait pas d'autre choix.

– Je vois ce que veut dire Votre Altesse Royale, dit-elle. Lorsque mon cousin a suggéré qu'il vous fallait une femme riche, vous n'avez pas osé lui avouer que votre cœur était pris ailleurs.

– Oui, c'est cela, murmura le Prince soulagé.

– Mais vous devez vous montrer courageux et épouser celle que vous aimez, au lieu de vous laisser imposer une femme choisie pour vous par quelqu'un d'autre! s'écria Carmela.

– Il me faut suivre la proposition de votre cousin; c'est lui qui commandait l'armée d'occupation sur mon territoire, et le Conseil des Ministres de Vienne a approuvé sa décision, expliqua le prince.

– Ils pensent peut-être avoir trouvé la solution de vos problèmes sur le papier, répondit Carmela. Mais pour qu'un pays soit heureux, il faut que l'homme qui le dirige le soit aussi.

– Si seulement je pouvais le croire! fit-il.

– Voulez-vous me parler de cette dame que vous aimez? demanda Carmela avec gentillesse.

– Son père est un Français, une noble famille qui s'est installée juste à notre frontière. Jusqu'à ce que Napoléon devienne empereur et entreprenne de dominer l'Europe entière, nous vivions en très bons termes avec les Français et nos autres voisins du nord et de l'est.

– Vous allez retrouver ce bonheur maintenant que Napoléon est prisonnier à Sainte-Hélène, dit Carmela.

– Oui, vous avez raison, convint le Prince. Dans l'intervalle votre cousin, venu nous délivrer des dernières poches de résistance tenues par les troupes napoléoniennes, m'a rendu mon trône. Il m'a promis de m'aider de tout son pouvoir à reconstruire nos industries et à soulager les plus pauvres de mes sujets.

Carmela imaginait sans peine à quel point le comte prendrait plaisir à réorganiser le pays et le remettre à flot, mais elle dit tout haut :

– J'ai toujours trouvé que ces gens qui pensent

détenir la clé du bonheur de leurs voisins ne sont que des tyrans! Quand on a un peu de caractère, on doit décider par soi-même de ses propres affaires.

– C'est ce que je voulais faire, dit le Prince à voix basse, mais Gabrielle m'a déclaré que je devais penser d'abord à mon pays et l'oublier, elle.

– Alors c'est qu'elle vous aime réellement.

– Vous le pensez? fit ardemment le Prince.

– Mais bien sûr! répliqua la jeune fille. Quand une femme aime un homme de tout son cœur, elle n'hésite pas à se sacrifier s'il le faut pour lui.

Gabrielle aimait trop le Prince pour risquer de lui nuire et avait renoncé au trône par amour; cela, n'importe quelle femme sensée, et particulièrement française, consciente des rangs et des titres, l'aurait compris.

« C'est ce que je voudrais ressentir moi-même », se dit Carmela qui poursuivit :

– Il ne vous reste qu'à retourner auprès de la femme que vous aimez. Vous lui demanderez si elle est assez courageuse pour affronter ceux de vos compatriotes qui resteraient hostiles à la France, et vous aider à remettre les choses en ordre à votre manière.

– Ils finiront par l'aimer comme moi, dit le Prince, j'en suis convaincu.

– Puisque certains de vos sujets ont du sang français dans les veines, je suis sûre que ce ne sera pas aussi difficile que vous le croyez!

Au bout d'un instant, la jeune fille continua :

– J'ai lu dans les journaux que l'Europe manque de toutes sortes de fournitures, instruments et autres outils dont la fabrication a été arrêtée durant la guerre pour favoriser la production d'armes.

– C'est exact, approuva le prince.

– Il faut donc vous mettre au travail, et vite! suggéra Carmela. Je suis sûre que si vous demandiez un prêt à l'Angleterre ou à tous ceux qui, à Vienne, s'efforcent de réorganiser l'Europe, on vous accorderait l'argent nécessaire pour faire reprendre la production et mettre votre peuple au travail.

Le prince éleva la main de la jeune fille jusqu'à ses lèvres.

– Merci, merci! fit-il. Vous m'avez rendu courage et maintenant je vais essayer de me comporter en homme.

Il prit une profonde inspiration comme si un fardeau était tombé de ses épaules, et avoua :

– J'ai honte d'avoir écouté votre cousin et m'être laissé tenter lorsqu'il m'a suggéré d'épouser une femme riche pour résoudre mes problèmes. Il m'assurait qu'il trouverait une solide dot et tout semblait si facile et plausible que j'ai cru choisir la bonne solution en sacrifiant mes sentiments pour le bien de mon pays. Maintenant, je sais que je n'étais qu'un faible et un incapable.

Carmela eut un petit rire; la comtesse disait toujours que les Gale, une fois leurs décisions prises, ne permettaient à rien ni personne de se mettre en travers de leur chemin.

– Vous vous êtes laissé berner par les boniments d'un marchand convaincu que sa marchandise est la meilleure, mais qui ne vous a pas laissé l'occasion d'exprimer vos besoins, s'exclama Carmela avec véhémence.

Le Prince rit à son tour.

– Vous n'êtes pas très charitable envers votre cousin, mais je vous avoue qu'il est bien difficile de lui résister.

– Tous les Gale sont ainsi.

– Vous êtes à part, si délicieuse, et vous m'avez redonné la force et la confiance qui m'avaient quitté. (Il saisit la main de Carmela pour la baiser avec reconnaissance.) Merci, merci ! Vous êtes l'une des femmes les plus séduisantes que j'aie jamais rencontrées, et j'aimerais que vous fassiez connaissance de ma Gabrielle.

– J'en serais absolument ravie, répondit Carmela.

– Elle et moi, ensemble, nous reconstruirons mon pays, dit le Prince avec au fond des yeux et dans la voix une ardeur nouvelle, et quand vous viendrez séjourner chez nous, lady Félicité, vous serez étonnée de voir tout ce que nous aurons accompli.

– J'en suis certaine, répliqua Carmela en riant.

Brusquement, le Prince jeta un regard angoissé vers la porte en se rappelant l'existence de son bienfaiteur.

– Que vais-je dire à votre cousin ? Si je lui déclare que j'ai changé d'avis, il va être furieux et se sentira peut-être insulté.

Carmela réfléchit un moment.

– Ne pourriez-vous lui annoncer que vous avez reçu un message de votre Chancelier, ou de votre Premier Ministre, vous demandant de rentrer immédiatement au Horngelstein à cause d'une crise quelconque ?

Le Prince ne dit rien et laissa Carmela poursuivre :

– Vous prétendrez que c'est l'affaire de quelques jours, une semaine au plus, et vous pourrez rejoindre Gabrielle pour arranger votre mariage sans délai.

Éclairée par une idée subite, la jeune fille s'exclama soudain en battant des mains :

– Ne croyez-vous pas que des noces royales rempliront d'allégresse vos sujets en un moment où ils se sentent las et déprimés, après toutes les privations que leur a apportées la guerre ? Toutes les femmes vont vouloir des robes neuves pour célébrer l'événement, et si vous expliquez avec suffisamment d'éloquence à votre peuple combien vous aimez votre future épouse, il souhaitera vous voir heureux avec elle, quelle que soit sa nationalité.

« L'amour du Prince pour Gabrielle éveillera un écho chez les jeunes gens, et notamment les femmes. Si lui et sa future épouse agissent avec suffisamment de diplomatie, ils ne tarderont pas à cesser de s'opposer à leur mariage », songea-t-elle.

– Vous avez raison, je suis sûr que vous avez raison! dit le Prince avec ferveur.

Puis après un instant de réflexion :

– Il se trouve justement que j'ai reçu aujourd'hui plusieurs dépêches. Un courrier me les a apportées de notre ambassade à Londres, mais elles ne présentent aucune importance particulière.

Carmela réfléchit à son tour puis suggéra :

– Le comte l'ignore, et vous pouvez prétendre n'avoir pas voulu gâcher la soirée en l'avertissant plus tôt. Vous pourriez aussi lui dire que vous avez eu avec moi une conversation intéressante, et que je vous ai promis d'avoir à votre retour un nouvel entretien sur nos futures relations pour ne pas éveiller ses soupçons.

Le Prince parut hésiter à faire sienne cette proposition puis il sourit et ses yeux brillèrent.

– Quelle diplomate habile vous faites, lady Félicité, dit-il. Voilà un plan qui calmera tous les doutes du comte au sujet de mon départ.

– Évidemment, il ne faut à aucun prix lui laisser croire que vous prenez la fuite.

Le Prince éclata d'un rire plein de gaieté.

– Vous êtes extraordinaire! Après tout, peut-être suis-je en train de commettre l'erreur de ma vie en n'insistant pas pour que vous m'épousiez et dirigiez mon pays comme la Grande Catherine.

– Rien ne vous serait plus désagréable! repartit Carmela. Et je suis sûre, sans vouloir aucunement flatter Votre Altesse Royale, que vous serez un excellent monarque, et très populaire.

– Merci, fit le Prince, merci! Je ne sais comment vous remercier de m'avoir aidé et fait voir l'avenir sous un nouveau jour.

– N'allez pas croire que je sois une voyante, mais je sais que vous serez très heureux avec votre Gabrielle et qu'ensemble vous ferez de l'Horngelstein un pays prospère, ajouta Carmela.

– Tel est mon plus cher désir et je m'efforcerai par tous les moyens en mon pouvoir de justifier votre prophétie.

Tout en parlant, il tenait les mains de Carmela dans les siennes et la remerciait avec une sincérité qui venait du fond de son cœur.

Ils échangeaient un sourire lorsque la porte s'ouvrit sur le comte.

Carmela était certaine qu'il avait remarqué leur attitude sur le sofa et leurs mains jointes. « Qu'il croie ce qu'il veut, même et surtout si ce n'est pas la vérité », songea-t-elle en observant l'air stupéfait du comte tandis qu'il s'avançait vers eux.

Le Prince lâcha la main de Carmela et se leva à sa rencontre.

– Je disais justement à lady Félicité, Monseigneur, combien je suis ennuyé de devoir repartir pour le Horngelstein pour quelques jours.

– Vous nous quittez? fit le comte.

– C'est bien contre mon gré, poursuivit le Prince, mais j'ai reçu ce matin une lettre de mon Premier Ministre qui me prie de revenir au plus vite régler une crise constitutionnelle concernant le trône. (Il soupira avec un regret très bien imité.) Ma présence est absolument nécessaire mais j'espère être de retour dans une semaine.

Le comte sembla rassuré.

– Vous allez me manquer, monsieur, dit-il, et j'espère vivement que vous nous reviendrez aussi vite que possible.

– Comme je le disais à la délicieuse lady Félicité, c'est mon plus cher désir.

Le Prince adressa à Carmela un sourire enjôleur et elle réprima une furieuse envie de rire; cependant, elle déclara d'un ton plein de commisération :

– Que tout ceci est fâcheux! Mais d'après les derniers échos, on peut voyager en France sans la moindre difficulté actuellement, surtout à cette période de l'année.

– C'est exact, convint le Prince, et si je pars demain matin, je puis espérer revenir dès la fin de la semaine prochaine.

– Nous attendrons impatiemment votre retour, dit Carmela. N'est-ce pas, cousin Selwyn?

– Très certainement, répondit celui-ci. Je vais prendre des dispositions pour que mes chevaux les plus rapides vous conduisent à Douvres où mon yacht sera prêt à vous faire traverser la Manche. Ainsi vous n'aurez pas à attendre ces navires qui font maintenant le trajet deux fois par jour.

– Vous êtes trop bon et je ne sais vraiment comment vous exprimer ma gratitude pour tout ce que vous faites pour moi.

– Je vous en prie, c'est tout naturel, s'empressa de dire le comte. Je m'occupe sur-le-champ d'arranger votre voyage et je crois qu'il serait préférable que vous partiez tôt.

Il se dirigea vers la porte, et le Prince s'écria dès qu'il fut hors de portée de la voix :

– Il l'a cru! Il l'a vraiment cru!

– Bien sûr, répliqua-t-elle, mais soyez prudent car il faut qu'il croie que vous allez revenir.

– Oui, oui, bien sûr! approuva le Prince.

Puis, comme frappé d'une pensée subite, il reprit :

– Allez-vous le prévenir de mon intention de ne pas rentrer au château de Galeston?

– Nullement, à moins que cela ne soit nécessaire, répondit Carmela. Je ne souhaite pas que sa colère retombe sur moi!

– Il s'est montré si bon et si secourable, dit le Prince. Je supporte mal l'idée d'avoir à le tromper. Mais d'un autre côté...

– Votre avenir vous appartient, pas à lui, coupa Carmela avant qu'il n'ait pu achever sa phrase.

« Le cousin Selwyn mérite une bonne leçon! Il se mêle beaucoup trop des affaires d'autrui », se dit-elle.

« Heureusement que je peux me permettre de tromper le comte, je n'ai rien à perdre. Mais pour Félicité les choses auraient été différentes et il est fort probable qu'elle aurait été forcée d'épouser le Prince, ignorant que son cœur était pris ailleurs.

« Une chance que j'aie deviné, se dit Carmela. J'ai dû recevoir ce don de clairvoyance, comme dit le Prince, dès ma naissance. Et ce don, Félicité ne le possède sûrement pas. Très bien, le Prince va être heureux, et moi je vais pouvoir jouer mon rôle jusqu'à ce que Félicité soit mariée. »

Elle bavarda encore un moment avec le Prince et lorsque le comte reparut, voyant leurs têtes rapprochées, il fut convaincu que ses plans étaient en passe de réussir et que les deux jeunes gens s'attachaient peu à peu l'un à l'autre.

Lorsque le Prince prit congé pour regagner sa chambre et s'assurer des préparatifs du voyage, Carmela se retrouva seule avec le comte.

– Il est fâcheux que le prince Frédéric soit obligé de nous quitter au moment précis où vous commenciez à vous apprécier mutuellement!

– C'est un charmant jeune homme, dit Carmela, et plus intelligent que je ne le pensais.

– Voilà une remarque bien impertinente pour une jeune fille de dix-huit ans! dit le comte piqué au vif.

– Vous semblez avoir des idées bien arrêtées sur l'âge, répliqua Carmela. Puis-je vous faire remarquer que l'on n'estime pas l'intelligence des gens avec des poids et des mesures mais plutôt par leur évolution au fil des ans.

– Certes, certes, fit le comte.

– Alors, sachez que certaines femmes de trente ans ne sont parfois que frivolité et ont la cervelle creuse alors qu'une fille de mon âge peut formuler un propos sensé.

Le comte éclata de rire.

– Quand vous me montrez les dents comme une tigresse, fit-il, vos yeux lancent des étincelles et je me sens transpercé par tant de férocité.

– Je suis désolée de vous déplaire.

– Au contraire, je vous trouve plutôt amusante, tout comme notre royal invité, à ce que j'ai pu voir. Mais maintenant qu'il nous quitte, je me demande ce que je vais faire de vous jusqu'à son retour.

– Les chevaux ne manquent pas, et je n'ai encore jamais visité la plus grande partie du domaine, dit Carmela.

– Moi non plus. Mais accepteriez-vous de rencontrer les membres de la famille qui brûlent de faire votre connaissance et de m'accompagner chez les nombreux voisins qui m'ont invité?

Carmela flaira le danger et se hâta de déclarer :

– Oh, je vous en prie, demeurons un peu seuls! Je n'ai nulle envie de répondre aux innombrables questions que les autres membres de la famille ne manqueront pas de me poser sur grand-mère. Et puis il fait si beau, nous n'allons pas rester enfermés à l'intérieur, à bavarder poliment avec des personnes dévorées de curiosité à votre sujet.

– Dieu nous en préserve! fit le comte avec ferveur. De plus on pourrait trouver étrange de vous voir séjourner ici sans être chaperonnée par quelque parente d'âge respectable.

« Et si l'on découvrait que je ne suis pas celle que je prétends, on pourrait se poser encore plus de questions! » songea Carmela pour elle-même. A l'idée d'avoir à supporter une vieille femme qui la suivrait partout, elle s'empressa de déclarer :

– En définitive j'aurais pu vivre avec mon père de la même façon qu'avec vous en ce moment; et même les Gale n'y pourraient rien trouver à redire!

Le comte éclata de rire.

– La manière dont vous dites « même les Gale » en dit long sur vos sentiments à leur égard.

– Moi, je sais ce qu'ils pensaient de grand-mère, protesta Carmela.

– La comtesse ne devait pas être plus tendre pour eux, dit le jeune homme, et j'espère que vous ne partagerez pas son point de vue.

– Vous êtes le seul Gale que j'aie rencontré jusqu'ici, et je vous ferai connaître mes sentiments dès que je serai fixée à votre sujet.

– Vous me remplissez d'appréhension, fit le comte, moqueur.

– Je n'entends pas rompre notre trêve, dit vivement Carmela.

– J'espère bien que non, répliqua-t-il. Néanmoins, la situation actuelle me remplit d'espoir pour l'avenir.

Carmela saisit son allusion à propos du Prince et, afin de lui donner raison, elle baissa les yeux pudiquement, ses cils très noirs se détachant sur ses joues claires.

Il y eut un silence. Elle se demandait à quoi le comte pouvait bien penser quand il dit brusquement :

– Vous êtes très belle, Félicité, et avec l'incroyable fortune que vous possédez, le Prince est bien fou de vous quitter maintenant, sans être sûr de votre assentiment.

– Il ne sera pas absent très longtemps, fit Carmela au bout d'un instant.

– Je sais, répondit le comte. Mais je ne peux m'empêcher de redouter que l'ange Gabriel, par exemple, tombe brusquement du ciel pour vous enlever, ou que se présente une autre demande en mariage, plus avantageuse encore, et que je ne pourrai refuser.

Carmela se mit à rire.

– J'estime peu probable l'apparition de l'archange Gabriel, Monseigneur. Mais peut-être qu'Apollon m'offrira une place dans son char pour parcourir le ciel avec lui et il me sera difficile alors de le repousser.

– Les chevaux d'Apollon ne sont pas si rapides que les miens! fit le comte sur un ton satisfait. Je les tiendrai prêts à Douvres, au retour du Prince, de sorte que vous n'aurez pas une chance de lui échapper.

– Auriez-vous peur que je cherche à m'enfuir?

– Vous m'avez délibérément provoqué et je serais presque tenté de vous réduire au silence et de vous garder prisonnière, fit remarquer le comte.

– Ce serait une expérience certes peu ordinaire, mais tout dépendrait évidemment du geôlier!

Curieuse de voir sa réaction dans cette nouvelle passe d'armes, elle leva les yeux sur le jeune homme.

Elle se rendit compte, mais bien tard, que le comte la croyait en train de badiner avec lui.

Le matin suivant, au réveil, Carmela s'aperçut que Selwyn Gale habitait toujours son esprit.

La veille, elle avait ri tout bas d'elle-même; comment le comte avait-il pu croire un seul instant qu'elle essayait de le séduire?

Cette idée ne l'avait jamais effleurée, mais elle n'était pas si saugrenue car, en dépit de sa personnalité autoritaire, il était en fait un homme très attirant.

« Comment pourrait-il imaginer que sa cousine Félicité le considère sous ce jour? se demanda Carmela. Si tel était le cas, réfléchit-elle, il se montrerait encore plus désireux de la marier au loin pour s'en débarrasser. »

Elle voyait d'ailleurs parfaitement quel genre de femme pouvait plaire au jeune homme qui ne devait pas apprécier les très jeunes filles.

« S'il croit que je ne suis qu'une de ces têtes de linotte prête à exécuter sans délai ses ordres, un cerveau vide seulement capable d'approuver chacune de ses paroles, il se trompe grossièrement! » songea-t-elle avec agacement.

En repensant à leurs dernières conversations, Carmela se souvint de la surprise qu'il n'avait pu cacher chaque fois qu'elle faisait une réponse intelligente ou le forçait à faire preuve d'esprit.

« Il mérite bien une leçon! Cela lui apprendra à se montrer plus tolérant », se dit-elle avec flamme.

« Il est vrai que lorsque le comte apprendra que le Prince ne reviendra pas et compte épouser Gabrielle, une Française dont vraisemblablement il n'a jamais entendu parler, il recevra un premier avertissement.

« Voilà qui va le surprendre, songea Carmela avec

satisfaction, surtout quand je lui dirai que je sais tout depuis le début! »

Elle se prit à espérer n'avoir pas à attendre trop longtemps avant de pouvoir river son clou au tuteur de Félicité, et lui prouver qu'il avait eu tort de vouloir la marier contre son gré.

« On a dû apprécier ses admirables dons d'organisateur à l'Armée », pensa-t-elle avec dédain, et elle se demanda quelle pouvait bien être la teneur de ses rapports au duc de Wellington.

« Eh bien, il s'est trompé! Trompé! Trompé! se dit-elle. Aujourd'hui avec le Prince comme avec Félicité! Ah, il n'était nullement disposé à m'écouter quand j'ai essayé de le raisonner! »

Elle enfila sa tenue d'amazone, descendit l'escalier tout en regardant au mur les portraits des ancêtres Gale qui paraissaient la considérer avec méfiance. Elle leva alors le menton et les défia à son tour.

Carmela avait prévu une promenade à cheval avec le comte vers dix heures. En fait, elle était prête beaucoup plus tôt mais avait estimé qu'il serait maladroit de rester à l'attendre au bas de l'escalier. Mieux valait qu'il l'attende lui.

Cependant, Carmela ne le trouva pas dans le hall, mais dehors, flattant les chevaux de la main et bavardant avec le palefrenier qui maintenait le superbe animal qui lui était destiné.

Jamais les Lyndon n'avaient été en mesure d'entretenir des bêtes de prix, pas plus un cheval de fond pour son père qu'un poney pour sa mère. Mais Carmela avait eu la chance de monter les chevaux du château, et grâce aux leçons du maître d'équitation de Félicité, elle se tenait parfaitement à cheval.

Lorsqu'elle arriva au bas des marches, le comte parut heureux de la voir, aussi n'avait-elle pas dû le faire attendre trop longtemps.

Elle pensait que le palefrenier l'aiderait à se mettre en selle, mais Selwyn lui-même la souleva de terre, lui entourant la taille de ses mains en disant :

– Vous êtes si légère que je n'arrive pas à concevoir comment vous pourrez mener un cheval aussi grand et ardent que Flycatcher.

– Il ne s'emballera pas avec moi, si c'est ce que vous craignez, répondit Carmela.

– En fait, c'était un compliment, répliqua vivement le comte, et il est décidément trop bon matin pour reprendre nos joutes oratoires!

Carmela se mit à rire.

– Excusez-moi, Monseigneur, mais je craignais vraiment que vous insistiez pour me faire monter quelque bête docile, et Flycatcher me plaît beaucoup!

– Alors, je promets qu'on ne vous l'enlèvera pas, dit le comte en enfourchant son propre étalon.

Ils se lancèrent au galop et les joues de Carmela devinrent bien vite toutes roses et ses yeux se mirent à briller d'excitation. Puis, comme ils ramenaient leurs chevaux au trot et marchaient botte à botte, le comte déclara :

– Vous montez admirablement, et je dois avouer une fois encore que je ne m'attendais pas à cela chez une jeune fille de votre âge.

– Je vous ferai remarquer à mon tour que ma grand-mère prétendait que les Gale n'admettent jamais s'être trompés.

– Il y a des exceptions à toutes les règles.

Le comte sourit à sa compagne et ils avancèrent un moment sans plus échanger de paroles.

Le soleil brillait, les oiseaux chantaient dans les arbres, les papillons voletaient de fleur en fleur et le monde était si beau que Carmela se sentit submergée par une impression de paix telle qu'elle n'avait plus aucune envie de se quereller.

Hier encore, elle se trouvait au presbytère, affrontant la violence et l'entêtement d'Henry, et les continuelles pleurnicheries de Lucy! Elle se rappelait comment elle avait cru alors que sa misère durerait toujours et qu'il n'y avait plus d'espoir.

Et soudain, un coup de baguette magique avait tout changé.

Elle portait des vêtements dignes d'une princesse, montait le plus beau cheval qu'elle eût jamais vu et aiguisait son esprit aux côtés de l'homme le plus séduisant qu'elle eût jamais rencontré.

« Je devrais me mettre à genoux pour lui exprimer ma reconnaissance par une prière », songea-t-elle. Puis elle se surprit en train d'observer le comte; lorsqu'il ne se montrait pas agressif, il était vraiment très séduisant, et aussi tellement viril.

Carmela, comme malgré elle, se demanda en tremblant un peu si elle pourrait chevaucher ainsi à ses côtés toute sa vie.

5

– Ce matin, j'ai envie de galoper jusqu'au sommet de la colline Gale. Je me souviens qu'étant enfant la vue, de là-haut, m'impressionnait fortement, déclara le comte en passant la porte d'entrée.

Carmela réfléchit un instant et crut se rappeler en effet que la comtesse lui avait parlé de cet endroit. Mais ses souvenirs étaient trop vagues et elle préféra changer de conversation.

Ils commencèrent à trotter lentement côte à côte, puis ils traversèrent un bois touffu et escarpé pour émerger dans un espace dénudé à la pente encore plus raide. « Le spectacle doit être superbe d'en haut ! » se dit Carmela.

Ils se trouvaient déjà au moins à cinq kilomètres du château ; ils durent mettre les chevaux au pas lorsqu'ils empruntèrent le chemin escarpé qui les mena jusqu'au sommet. Carmela s'extasia devant le panorama et le monument de pierre qui se dressait là.

– Je m'attendais à trouver quelque demeure particulière. Pourquoi a-t-on érigé ce monument ? remarqua Carmela en descendant de cheval.

– Je vais vous montrer, dit le comte en souriant.

Il la précéda en tenant son cheval par la bride et Carmela le suivit en menant Flycatcher.

En arrivant devant le monument, elle vit qu'il s'agissait d'une large stèle sur laquelle avait été gravée une rose des vents. Les explications de la comtesse lui revinrent brusquement en mémoire et elle s'exclama :

– Maintenant, je me rappelle en avoir entendu parler!

Le comte contempla le paysage puis reporta son regard sur la rose des vents. Elle était entourée d'une inscription que Carmela déchiffra.

Le territoire que vous apercevez du haut de cette colline appartient à la famille Gale, qui le possède depuis 1547.

Elle avait lu à voix haute, et le comte déclara :

– Je me souviens de la première fois que je suis venu ici. J'étais si petit que j'avais épelé cette inscription à grand-peine.

– Grand-mère la prétendait mensongère, répliqua Carmela. Elle affirmait que, par temps clair, la vue peut plonger dans trois autres comtés qui ne dépendent pas de la famille.

Le jeune homme la regarda fixement, puis demanda :

– Est-ce vrai?

– Je ne fais que répéter ce que racontait grand-mère, lorsque lui revenaient les souvenirs du domaine; elle soulignait à quel point les Gale aimaient à vanter les biens de la famille, répondit Carmela sur un ton taquin.

Elle pensait que le comte éclaterait de rire, mais son visage s'assombrit aussitôt tandis qu'il considérait la stèle.

– Il faudra que je fasse gratter cette inscription! S'il y a deux choses qui me répugnent et que je déteste, c'est bien le mensonge et la tromperie sous toutes leurs formes!

Carmela le regarda, surprise par son brusque accès de colère. Comment une chose aussi insignifiante pouvait-elle le mettre dans un tel état?

Il continuait à fixer la stèle d'un air sombre et Carmela lui dit :

– Je suis navrée. Je ne voulais... rien dire qui puisse... vous mettre en colère. Il aurait peut-être mieux valu que je ne répète pas les paroles de grand-maman qui ne sont peut-être... pas exactes.

Après un moment de silence, le comte répondit :

– C'est à moi de m'excuser, mais je déteste découvrir que l'on m'a menti.

– Que s'est-il passé? s'enquit Carmela.

Elle crut un instant qu'il ne répondrait ni ne révélerait ce qui le troublait. Puis, un peu comme s'il estimait qu'elle avait le droit de savoir, il expliqua :

– A mon arrivée ici, je n'ai pas tardé à me rendre compte que votre père s'était montré négligent sur bien des points, et que ses employés en avaient profité.

– Vous voulez dire qu'ils le volaient? dit Carmela.

Le comte eut un signe de tête affirmatif.

– Et de façon considérable! En fait, des milliers de livres ont disparu chaque année, sous forme de petits larcins, mais aussi de détournements parfaitement organisés dans tout le domaine.

Carmela poussa une exclamation :

– Mais c'est horrible! Le château de Galeston est une telle splendeur! Comment imaginer que sa beauté et sa paix puissent cacher de pareils méfaits?

– C'est bien mon avis, fit le comte d'une voix

dure, et j'ai chassé les principaux malfaiteurs, mais je suis convaincu qu'il y en a d'autres.

– Quel emploi occupaient-ils? s'informa Carmela.

– Le régisseur lui-même, un certain Matthews, était le chef de la bande, et il avait pour complice le comptable, Lane, qui naturellement lui facilitait beaucoup ses détournements. Tout cela a dû commencer il y a longtemps déjà.

La jeune fille soupira.

– Comme c'est triste!

– Cela me rend furieux.

– Ainsi, vous les avez chassés?

– Bien entendu, répliqua-t-il. Je leur ai donné quarante-huit heures pour déguerpir en leur faisant comprendre que, pour autant que cela dépendait de moi, ils ne trouveraient plus à s'employer nulle part.

– C'est bien tout ce qu'ils méritaient, dit Carmela.

– Ils auraient pu aller en prison ou même être pendus, à tout le moins déportés, dit sèchement le comte. Mais j'ai décidé de les épargner pour protéger le renom de votre père et de la famille du scandale d'un procès.

– Vous êtes très bon.

Le comte serra les lèvres.

– Oui, je le sais bien trop car, avant de partir, Matthews a mis le feu à la maison qu'il occupait! Je me demande maintenant si je ne vais pas le faire arrêter.

Carmela ne répondit rien. Elle réfléchissait.

En de telles circonstances, elle comprenait mieux à quel point les mensonges et la fraude pouvaient paraître au jeune homme amers et haïssables. Quelle serait sa réaction lorsqu'il apprendrait qu'elle-même était coupable?

Elle savait qu'il lui serait impossible d'affronter

son courroux. Dès le mariage de Félicité, il lui faudrait donc s'enfuir et se cacher là où il ne pourrait la retrouver.

Certes, il s'était montré autoritaire et avait eu tort de vouloir la marier au Prince sans tenir compte de ses sentiments mais Carmela n'avait aucune envie de le blesser. « Non, Selwyn Gale ne serait pas blessé d'avoir été trompé par une fille comme moi. Il est bien trop sûr de lui! songea amèrement Carmela. La seule chose qui pourrait lui déplaire serait de constater qu'il s'est trompé sur mon compte. »

Depuis que leur amitié avait fait des progrès et qu'il lui parlait d'égal à égal, le comte prenait visiblement presque autant de plaisir qu'elle à leurs conversations et à leurs promenades à cheval.

« Il m'aime bien et je crois qu'il me fait confiance », se dit-elle.

Elle baissa les yeux sur la rose des vents, et sentit alors combien elle redoutait le moment où le comte découvrirait qu'elle n'avait cessé de lui jouer la comédie dès l'instant de son arrivée.

Son malaise s'accrut encore lorsqu'elle observa que le comte, debout à ses côtés, gardait entre les yeux un pli de mécontentement. Aussi s'efforça-t-elle de s'intéresser au paysage pour dissimuler son trouble.

La vue s'étendait au-delà de l'horizon. Au premier plan, en contrebas, on voyait le château, l'étang et les jardins, réduits à la taille de jouets et dont la beauté s'exaltait au soleil.

Carmela distinguait les arbres du parc et les daims qui se promenaient sous le feuillage, les cygnes sur l'eau et la bannière flottant sur le toit, au-dessus des statues et des urnes.

Le comte suivit son regard et reprit d'une voix changée :

– Je n'admettrai pas de voir gâter rien de tout ceci.

– Bien sûr que non, approuva Carmela, et je suis certaine qu'avec vous pour y veiller, le domaine retrouvera sa perfection pour la garder toujours.

Carmela venait, trop tard, de dévoiler ses pensées à haute voix et s'aperçut que le jeune homme avait cessé de contempler le château pour la regarder, un sourire moqueur aux lèvres.

– Seriez-vous en train de me faire un compliment, Félicité? demanda-t-il. Je ne puis me rappeler semblable chose de votre part depuis votre arrivée.

– Vous devez me juger très... insouciante... et bien sûr très... ingrate.

– Non, simplement, je me demande toujours ce que cachent vos compliments.

Elle se mit à rire.

– Je ne me suis guère montrée éloquente au sujet du château de Galeston ou de vous-même, son propriétaire, parce que votre magnificence à tous deux m'avait écrasée, et aussi parce que je me sentais... intimidée.

– Et maintenant? demanda-t-il en haussant le sourcil.

– Vous essayez de me forcer à dire que « la familiarité engendre le mépris ».

– J'espérais plutôt qu'elle vous rendrait amicale et heureuse, car c'est ainsi que je veux vous voir.

Sa voix se faisait charmeuse et elle faillit lui déclarer combien elle était heureuse, puis elle se rappela la raison de son amabilité.

– Si vous souhaitez mon bonheur, pourquoi m'envoyer loin d'un lieu que je commence à aimer vers un pays étranger où jamais... je n'aurai l'impression... de me trouver chez moi? déclara-t-elle, satisfaite de son raisonnement sans faille.

« Il essaie sournoisement de parvenir à ses fins

par des méthodes plus subtiles que celles employées jusqu'ici », se dit Carmela intérieurement.

A sa grande surprise, le comte ne répondit rien mais se contenta de reporter ses regards sur la demeure en contrebas. Carmela eut d'ailleurs l'impression qu'il ne la voyait pas.

– Il est grand temps de repartir, car nous aurons à maintenir sagement les chevaux au pas pour ne pas risquer d'accident, déclara-t-il brusquement en mettant un terme à leur conversation.

« Peut-être sait-il que je souhaite mettre à profit l'absence du Prince pour le faire changer d'avis au sujet de ce mariage », songea-t-elle. Ne souhaitant pas le tourmenter, elle répondit :

– Auriez-vous l'obligeance de m'aider à remonter sur Flycatcher? Je ne pense pas y arriver seule.

– Oui, bien sûr, fit le jeune homme.

Passant à son bras la bride de son cheval, il enleva adroitement Carmela pour la déposer sur sa selle et arrangea sa jupe par-dessus l'étrier.

– Merci, dit-elle en abaissant son visage vers lui.

Leurs yeux se rencontrèrent et Carmela eut le sentiment étrange que son regard lui disait quelque chose de jamais encore exprimé.

Mais le comte se détourna rapidement pour sauter en selle et elle pensa s'être trompée. Cependant, alors qu'ils descendaient la colline, Carmela sentit son cœur battre plus fort dans sa poitrine.

Ils retraversèrent le bois, puis rentrèrent au château par un chemin différent. Il était presque midi lorsqu'ils atteignirent le parc et franchirent le pont qui enjambait l'étang.

Dès que la façade du château fut en vue, ils aperçurent trois élégantes voitures rangées devant l'entrée.

Carmela ne put réprimer un léger sursaut.

– Vous ne m'aviez pas dit que vous attendiez des amis à déjeuner!

– Je n'ai invité personne, répondit le comte sur un ton bref.

– Alors, qui sont ces gens?

– J'ai vaguement l'impression que vous allez faire la connaissance de quelques-uns de nos parents.

– Oh, j'espère que non! s'exclama Carmela avec effroi.

Mais le jeune homme ne s'était pas trompé.

Par la suite, Carmela devait se dire que les commérages transportés par le vent à travers la contrée amèneraient tôt ou tard les membres de la famille Gale à se regrouper dans la vaste maison pour y faire la connaissance de la jeune fille qu'ils croyaient être Félicité.

Après avoir échangé son amazone contre une jolie robe, Carmela fit son entrée au salon et sut, au premier regard, que tous ces gens étaient sans aucun doute des Gale, de par leur ressemblance avec les portraits accrochés aux murs.

Quelques femmes étaient d'un physique agréable, quoique bien moins jolies que Félicité. Certains offraient quelques signes de parenté et, dans l'ensemble, la famille avait étonnamment belle allure.

Le motif de leur réunion était pour le moins surprenant : non seulement ils avaient appris la présence d'une invitée au château, mais ils étaient au courant de l'énorme fortune léguée par la comtesse.

Carmela fut présentée à chaque membre de la famille et ne tarda pas à apprendre la vérité de la bouche d'une dame d'âge respectable. Elle invita Carmela à s'asseoir auprès d'elle sur un divan.

– J'ai toujours été très désireuse de vous retrouver, Félicité, bien que je doute que vous vous souveniez m'avoir vue fréquemment dans votre enfance.

– Je crains bien ne pas me souvenir, en effet.

– Vous aviez eu beaucoup de mal à prononcer mon nom – je suis la cousine Louise –, poursuivit-elle. J'aimais énormément votre grand-mère, et il ne se passait guère de semaine alors sans que nous nous rencontrions pour bavarder.

– Elle a dû beaucoup vous manquer lorsqu'elle est partie, répondit Carmela.

– Terriblement. Et j'ai été profondément peinée de voir les lettres que je lui écrivais demeurer sans réponse.

Ne sachant que répondre, Carmela prit le parti de se taire.

– Quand j'ai su qu'elle était morte sans même m'avoir laissé un souvenir de ce que j'avais pris pour une profonde affection réciproque, j'ai eu de la peine à y croire!

– Je ne pense pas que grand-maman ait laissé de souvenir à quiconque, fit Carmela d'un ton consolant.

– Je sais bien! C'est vous qui avez tout eu! Vous pouvez vous estimer extrêmement chanceuse de posséder pareille fortune, alors que le reste de la famille a été ignoré et négligé, répondit la vieille dame d'une voix suraiguë.

Carmela se demanda comment elle avait pu prendre connaissance du testament de la comtesse et de ses dispositions particulières restées secrètes.

– Lorsque je me suis rendue dans les bureaux des avoués de la famille, poursuivait la cousine, et que j'ai demandé qu'on me lise le testament de votre grand-mère, j'en croyais à peine mes oreilles en apprenant à quel point elle s'était enrichie après son départ.

« Elle ne manque pas d'audace! songea Carmela,

stupéfaite. Comment l'avoué a-t-il pu se montrer si indiscret? »

Le comte s'approcha alors, comme s'il avait senti son désarroi.

– Ne vous laissez pas accaparer ni impressionner par la duchesse, Félicité; d'ailleurs, nos parents attendent pour vous parler.

Carmela se leva en hâte. Le comte venait d'apporter la réponse à sa question; l'avoué de la famille avait été trop intimidé par la duchesse pour s'opposer à sa demande.

Les autres cousins ne paraissaient pas très fortunés.

La plupart des dames étaient mariées à d'importants gentilshommes du voisinage et Carmela ne comprit pas bien qui elles étaient exactement et comment leur lignée s'inscrivait sur l'arbre généalogique de Félicité.

Ils étaient arrivés au château sans y être invités, pour rendre visite au chef de famille, et s'attendaient tous à rester pour déjeuner. Ils parurent très surpris lorsque le comte leur demanda si telle était leur intention.

– Mais naturellement, Selwyn! s'exclama une douairière. Nous laisseriez-vous passer la journée chez vous sans prendre un rafraîchissement?

Cependant, on avait déjà servi le champagne, et le chef accomplit un remarquable tour de force lorsque, trente minutes plus tard, les convives se mirent à table devant un repas raffiné et excellent.

Carmela savait maintenant, depuis sa conversation avec la duchesse, que ses prétendus parents la regardaient avec curiosité et aussi avec une envie non dénuée de malveillance.

Elle nota la sécheresse de leurs questions lorsqu'ils s'informèrent de ses projets d'avenir et de l'endroit où elle comptait vivre.

– Elle peut venir séjourner chez moi, si elle le désire, dit la duchesse en entendant la question.

Avant que Carmela ait pu répondre, l'un des cousins s'exclama :

– Vous ne supporterez pas ce dérangement, Louise. Je me disais justement que Félicité serait parfaitement bien chez moi. Après tout, Mary a le même âge qu'elle, et les deux jeunes filles pourraient se plaire ensemble.

Cette déclaration provoqua une discussion enflammée, et Carmela, atterrée, les regarda se battre autour d'elle comme une meute de chiens affamés autour d'un os. « Bien entendu, tout ceci ne s'adresse qu'à l'énorme fortune de Félicité », songea-t-elle.

« Quelle consternation et quelle bombe si je leur apprenais tout d'un coup que je ne possède pas un penny et serais bien heureuse de trouver une maison confortable où aller après avoir quitté le château de Galeston. »

Un silence de mort régnerait tout aussitôt et les invitations de ces généreux parents seraient bien vite oubliées !

Ah, comme Félicité avait eu raison de s'enfuir avec Jimmy !

Carmela se sentit brusquement honteuse pour ces gens si bien nés, si riches, et qui pouvaient ainsi sombrer dans la cupidité et révéler au grand jour leur avidité.

La discussion ne prit fin que lorsque le comte se fit entendre de sa voix la plus autoritaire.

– Je vous remercie de votre générosité en offrant ainsi un toit à Félicité, mais je suis son tuteur et j'ai formé pour son avenir des plans considérables dont vous serez informés en temps utile.

– Des projets ? s'exclama la duchesse. Mais pourquoi, Selwyn, vous mêleriez-vous des affaires de Félicité?

– Parce qu'elle est orpheline et que je suis le chef de famille! répliqua le comte d'un ton bref.

Un silence lourd plana dans la pièce : apparemment les Gale en restaient sans voix. Ils avaient l'air si déconfits que Carmela déclara de sa voix douce et paisible :

– Quoi qu'il en soit, merci beaucoup... de vous montrer si... bons. Je suis très... touchée que vous souhaitiez m'accueillir chez vous, et désormais, je ne me sentirai plus aussi seule... qu'auparavant.

– Oh, ma douce enfant, il ne faudra jamais vous sentir abandonnée! s'exclama l'une de ses parentes. Ne sommes-nous pas tous des Gale? Nous devons nous entraider et nous soutenir!

– Bien entendu, fit la duchesse. Aucun de nous a-t-il même jamais pensé agir autrement?

Cette dernière remarque sous-entendait que la comtesse seule avait d'elle-même rompu avec la famille et de ce fait éloigné d'eux Félicité.

Il y eut un moment de gêne après cette affirmation à peine voilée, puis la conversation reprit et l'avenir de Félicité fut oublié pour quelque temps.

Ils prirent congé, après le déjeuner, et chacun reformula son invitation en entraînant Carmela à l'écart, loin des oreilles indiscrètes.

– Nous ne souhaitons nullement déranger les projets que Selwyn forme pour vous, ma chère enfant, mais ne manquez pas de me faire savoir si vous n'êtes pas heureuse.

La duchesse, toutefois, se montra plus abrupte.

– Si l'on vous pousse à faire quelque chose contre votre gré, dit-elle tout à trac, je m'occuperai de vous, pour l'amour de votre père.

– Merci infiniment, fit Carmela.

La duchesse lui prit alors le bras pour l'entraîner à son tour un peu à l'écart.

– Écoutez-moi bien, mon enfant, fit-elle. Ne vous pressez pas d'épouser le premier homme qui demandera votre main. Avec une fortune comme la vôtre, vous pouvez choisir et vous montrer difficile.

Carmela sourit sans répondre.

– Et vous feriez preuve de bon sens en me consultant avant de vous engager, poursuivit la duchesse.

– Vous êtes bien bonne de vous tourmenter pour moi, madame.

– J'ai entendu parler d'un prince étranger en visite ici. Aurait-il sollicité votre main?

« Pourquoi taire la vérité? » songea Carmela.

– Je le crois, répondit-elle tranquillement.

La duchesse renifla avec mépris.

– J'en étais sûre! Méfiez-vous des étrangers! On ne peut leur faire confiance et quand il s'agit de mari, rien ne vaut un Anglais. Vous pouvez m'en croire!

– Je me souviendrai de vos conseils, madame, fit Carmela.

La duchesse jeta un coup d'œil vers le coin de la pièce où le comte entretenait un autre de ses parents.

– Selwyn est resté longtemps à l'étranger, dit-elle comme pour elle-même. Il se rangera à nos avis d'ici un an ou deux – du moins, nous l'espérons tous, soupira-t elle avec une affectation si feinte que Carmela faillit éclater de rire.

Fort heureusement, une cousine vint interrompre leur tête-à-tête et l'entraîna par le bras.

– Je n'habite qu'à six kilomètres, Félicité; que diriez-vous de venir déjeuner avec nous dimanche prochain? Je suis tellement désireuse de vous faire rencontrer mes deux fils. Vous verrez, ils sont tout à fait charmants, et c'est une bonne chose que de se lier d'amitié entre cousins.

La duchesse s'interposa.

– Dites plutôt que vous espérez voir Félicité épouser l'un d'entre eux, fit-elle avec aigreur. Si tel était le cas, elle n'aurait pas trop de toute sa fortune pour les entretenir aux tables de jeu!

– Comment pouvez-vous être aussi désobligeante, Louise? s'exclama la mère offensée d'une voix plaintive.

– Je dis toujours la vérité, vous le savez, répliqua la duchesse, et voilà pourquoi Félicité ferait bien mieux de m'écouter, moi, plutôt que toutes ces flatteries que vous lui débitez, tous autant que vous êtes. Maintenant, je m'en vais!

L'imposante vieille dame s'éloigna pour saluer son hôte, et la mère des deux garçons dit à Carmela :

– N'écoutez pas la cousine Louise! Nous la respectons tous, certes, mais c'est une femme souvent fielleuse. Promettez-moi d'accepter mon invitation.

– J'en parlerai à notre cousin, répondit Carmela. Il va de soi qu'il me faudra sa permission.

– Oui, bien entendu. Toutefois, bien que Selwyn prenne visiblement très au sérieux ses devoirs de chef de famille, il est vraiment trop jeune pour faire un tuteur convenable pour une jeune fille!

– Je pense que c'est là une chose dont il convient de me laisser décider, s'interposa le comte.

Carmela et son interlocutrice ne l'avaient pas entendu approcher et sursautèrent.

– Je ne souhaite nullement vous offenser! s'exclama la cousine en toute hâte. Je me disais seulement que cette chère Félicité serait plus heureuse en famille.

Le comte ne répliqua rien mais, en voyant briller ses yeux, Carmela comprit qu'il s'amusait aussi de toutes ces marques d'hospitalité que suscitait la fortune de Félicité, plutôt que sa personne.

Quand enfin le dernier Gale eut fait ses adieux, le comte s'exclama :

– J'espère que cette exhibition bruyante d'hypocrisie vulgaire vous aura divertie !

Carmela rit de bon cœur.

– Je me demande, poursuivit-il, si leurs invitations auraient été si empressées si vous étiez sans le sou.

Carmela répondit simplement, sans révéler qu'elle avait eu la même pensée :

– Peut-être souhaitaient-ils vraiment se montrer agréables.

– Les gens sont toujours pleins de bonté pour les riches.

– Voilà une remarque bien cynique ! fit Carmela d'un ton provocant. Cela peut être vrai de certaines personnes, mais pas de toutes.

– Je ne me fais aucune illusion sur cette famille !

– On pourrait vous y inclure, répliqua-t-elle.

– J'aurais juré que vous alliez faire ce genre de commentaire ! Lorsque je vous ai suggéré d'épouser le prince Frédéric, j'étais réellement convaincu que rien ne pouvait être plus avantageux ou plus séduisant pour une femme.

Il parlait avec une sincérité évidente et Carmela fut certaine qu'il disait vrai. Toutefois, elle lança pour le taquiner :

– Eh bien, quel choix embarrassant ! Mes parents ne manquent pas de soupirants ni pour ma main... ni, bien entendu, pour ma fortune !

– Vous parliez de cynisme tout à l'heure ? glissa le comte. Puis-je vous faire remarquer que vous devez obtenir mon approbation avant de pouvoir épouser qui que ce soit?

– Voulez-vous dire que vous pourriez écarter nos amis et parents de la compétition? fit Carmela, moqueuse. Je crains qu'ils ne trouvent cela extrêmement peu élégant, attendu que vous avez misé vous-même sur un autre cheval.

Le comte éclata de rire, sincèrement amusé.

– Vous continuez de me surprendre, Félicité, dit-il. Je suis sûr que la plupart des femmes n'envisageraient pas leur mariage avec tant de désinvolture.

– Préféreriez-vous me voir loucher sur le bout de mon nez pour faire la timide? demanda Carmela. Peut-être ai-je rougi la première fois qu'on a parlé de mon mariage, mais le sujet est devenu maintenant si banal qu'il ne m'impressionne plus.

– Il me semble, Félicité, que vous n'envisagez pas votre avenir, pourtant préoccupant, aussi sérieusement que je le souhaiterais.

Il resta un instant silencieux, avant de poursuivre :

– Je ne puis m'expliquer tout à fait ce que cela signifie et dois avouer, une fois de plus, bien mal connaître les jeunes filles; cependant, quelque chose me dit que vous êtes en train de vous moquer de moi.

Carmela dut s'avouer que le comte avait plus d'intuition qu'elle ne l'avait cru.

Ainsi, son instinct l'avertissait que la jeune fille ne redoutait guère, en fait, de devenir l'épouse du Prince et que, d'une manière imprévisible encore pour lui, elle y échapperait au dernier moment.

« C'est qu'il se trouve, pour la première fois sans aucun doute, désorienté devant un subordonné, songea Carmela. Sa longue expérience du commandement, exercée sur toutes sortes de gens et dans les conditions les plus diverses, doit lui souffler que je ne suis pas celle que je parais; pourtant il ne peut donner à cette impression aucune explication logique. »

Jugeant qu'il était périlleux de le laisser trop longtemps s'appesantir sur cet aspect de sa conduite, Carmela reprit :

– Je refuse de me tracasser au sujet de ce mariage pour le moment. Allons plutôt essayer d'attraper quelques poissons dans l'étang, comme vous le faisiez dans votre enfance.

– Volontiers; mais je croyais seulement que vous aviez oublié ce projet.

– Oh, mais je ne file pas comme une anguille entre les mains, s'exclama Carmela joyeusement. En route pour la pêche!

Le jeune homme se mit à rire et, franchissant le seuil, ils traversèrent en courant la pelouse en direction de la rivière.

Ce soir-là, quand Carmela se retrouva dans son lit, elle se dit que jamais encore elle n'avait passé de soirée plus distrayante.

Pouvoir parler au comte en tête à tête, sans qu'il soit continuellement obligé d'en référer poliment au Prince, et discuter avec lui d'une foule de sujets différents, c'était pour elle un enchantement tel qu'elle n'aurait pas pu l'imaginer.

Ce jour-là, elle s'était sentie heureuse comme jamais depuis la mort de son père. Souvent, avec lui, elle restait assise à table des heures durant après avoir terminé leur maigre dîner.

Mais tandis que leurs corps restaient immobiles, leurs esprits voyageaient à travers l'univers entier, embrassant bien des pays et des peuples, des religions et des philosophies. C'était pour Carmela l'occasion de découvrir des horizons nouveaux ou, comme le disait encore son père, d'explorer les « montagnes de l'esprit » dont elle n'avait auparavant aucune idée.

Ce soir, elle avait éprouvé la même impression en discutant avec Selwyn et lorsque enfin ils s'étaient dirigés vers le salon, il lui avait déclaré :

– Comment pouvez-vous être aussi intelligente? Je m'attendais à rencontrer quelqu'un de si différent!

– Gauche et d'esprit nul plus exactement, n'est-ce pas? fit Carmela avec un sourire.

– Avec vous je ne cesse de puiser dans mes propres connaissances et d'exercer mon intelligence, dit le comte.

– Voilà certainement un aveu que je devrais placer entre les pages d'un album, telle une fleur précieuse, dit Carmela d'un ton taquin.

Ils rirent puis reprirent la conversation qu'ils avaient interrompue jusqu'au moment où, à contrecœur, Carmela sentit qu'il convenait d'aller se coucher.

– Vous m'avez proposé de faire une promenade à cheval demain matin de bonne heure? demanda-t-elle.

– Oui, j'ai pensé que nous pourrions aller jusqu'aux limites du domaine, dit-il. Cela prendra plusieurs heures et si vous pouvez vous contenter de pain et de fromage dans une auberge de rencontre, nous pourrions nous lancer dans cette expédition.

– Quelle bonne idée! Et de plus, j'adore le pain et le fromage.

– Très bien, je vais commander le petit déjeuner pour huit heures.

– Je ne serai pas en retard, promit Carmela. Bonne nuit, cousin Selwyn. J'ai beaucoup apprécié cette soirée.

Elle lui fit sa révérence et, à sa grande surprise, il lui prit la main.

– Bonne nuit, Félicité, et merci à vous pour cette soirée. Je vous en prie, continuez à me surprendre, à m'éblouir même. Cela me plaît infiniment.

Il prononça ces paroles avec un grand sérieux et, portant la main de la jeune fille à ses lèvres, il y déposa un baiser.

Carmela, surprise, réprima un frémissement; la pression des lèvres du jeune homme sur sa peau lui procura une sensation étrange, jamais éprouvée auparavant.

Un moment, elle resta immobile, le regard interrogateur. Puis, saisie de timidité, elle dégagea sa main, quitta le salon, traversa le hall en courant et monta quatre à quatre les escaliers, sans tourner la tête.

Il lui sembla qu'il la suivait des yeux, mais elle se dit que c'était probablement un effet de son imagination.

Dans sa chambre, sa servante, une femme d'âge mûr, l'aida à se déshabiller et, une fois au lit, Carmela resta étendue à rêver au jeune comte et à la manière dont il lui avait baisé la main.

Le Prince aurait pu agir ainsi, mais pas Selwyn, songea-t-elle. Cependant, il avait fait ce geste avec un tel naturel! Il était si élégant, si distingué que jamais il ne lui semblerait gauche ou disgracieux.

Elle repensa à leur conversation. Encore un peu, et on aurait pu les croire en train de participer à une de ces spirituelles pièces de la Restauration qu'elle lisait parfois le soir à voix haute avec son père.

« C'est probablement parce qu'il a l'esprit vif et éveillé que je me sens intelligente à ses côtés », se dit-elle. Et elle commença à chercher dans sa tête ce qu'elle pourrait lui dire de spirituel ou de piquant le lendemain.

Elle était à demi assoupie lorsqu'elle entendit la porte s'ouvrir : quelqu'un tenait à la main une bougie et avançait dans la chambre.

– Qu'est-ce... qu'est-ce que c'est? demanda-t-elle.

La personne s'approcha de son lit et Carmela reconnut l'une des jeunes servantes qui aidait parfois la respectable préposée à son service.

– Qu'y a-t-il, Suzy? questionna-t-elle à nouveau.

– Je suis désolée de vous éveiller, Milady, mais Monseigneur demande si vous pouvez descendre. Il y a eu un accident et il a besoin de votre aide.

– Un accident? s'exclama Carmela en se dressant sur son lit. Mais comment?

– Je crois que c'est l'un des chiens, Milady. Monseigneur en parlait quand je suis allée vous chercher.

Carmela sauta hors du lit. Elle se souvenait que les chiens qui gardaient les écuries n'étaient pas dressés et que l'on ne les laissait pas entrer dans la maison.

– Je veux avoir des chiens bien à moi et qui ne me quitteront pas, lui avait déclaré le comte, mais pour le moment il y a trop à faire pour que je puisse y songer.

Elle avait toutefois remarqué que, chaque fois qu'il se rendait aux écuries, il caressait les chiens qu'on gardait dans les chenils. Et eux sautaient après lui et lui faisaient fête.

« L'un d'eux s'est-il blessé de quelque façon? » se demanda-t-elle tout en enfilant une paire de légères pantoufles et en cherchant des yeux sa robe de chambre.

Sa liseuse, d'un tissu très fin orné de dentelle, était trop légère et Suzy rapporta de la garde-robe un peignoir de satin épais et doublé, qui était en fait un vêtement d'hiver, trop chaud pour la saison. « Et puis cette tenue est plus décente, se dit Carmela en l'enfilant et en agrafant les petits boutons de perle qui la fermaient. S'ils me voyaient, les Gale ne manqueraient pas de crier au scandale et m'empêcheraient de sortir dans cette tenue bien que je sois parfaitement emmitouflée de la sorte. »

Pourtant, l'opinion des Gale lui importait peu à cet instant : seul comptait le fait que le comte avait besoin d'elle.

– Monseigneur a-t-il pris des bandages? demanda-t-elle.

– Oui, Milady, répondit la servante. Il a tout ce qu'il faut, mais il veut que vous l'aidiez.

Carmela se donna un coup de brosse rapide pour rejeter ses cheveux en arrière.

– Je suis prête, annonça-t-elle.

– Je vais vous montrer le chemin, Milady.

Prenant la bougie, Suzy sortit dans le couloir et referma la porte derrière la jeune fille. Puis elle se lança d'un pas rapide dans la galerie qui conduisait au haut de l'escalier mais ne l'emprunta pas.

Se dirigeant vers l'aile ouest du bâtiment, elle marcha jusqu'à un autre escalier, très étroit, qu'elle descendit en courant.

En fait, elle allait si vite que les deux femmes se trouvaient maintenant loin de la partie éclairée de la demeure, et Carmela dut hâter le pas de peur de rester en arrière dans l'obscurité.

Elles atteignirent un passage non éclairé, proche des communs, et Suzy continua d'avancer rapidement sans tourner la tête.

Carmela croyait se diriger vers les écuries où devait se trouver le comte avec le chien blessé. Mais Suzy s'arrêta brusquement pour emprunter un couloir dérobé qui menait à une porte extérieure.

La jeune fille se sentait maintenant pressée de rejoindre Selwyn et de savoir exactement ce qui s'était passé.

Suzy ouvrit cette porte et Carmela la suivit. Comme elle avançait dans l'opacité de la nuit, un drap épais et noir entoura brusquement sa tête.

Elle poussa un cri de terreur, mais bien inutilement car l'étoffe étouffait ses plaintes.

Au même moment, des bras brutaux la soulevèrent.

– Que se passe-t-il?... Laissez-moi!... hurla-t-elle.

Mais les bras qui l'avaient saisie l'enserrèrent si étroitement que l'air lui manqua.

Puis on la laissa tomber brutalement dans ce qui lui sembla être une voiture; avant même qu'elle fût assise, les chevaux détalèrent et elle perçut, au-dessous d'elle, le bruit des roues.

Alors la terreur s'empara de tout son être : Carmela comprit qu'on venait de l'enlever!

6

La voiture cahotait péniblement entre les mottes de terre, sur le chemin inégal, et Carmela se torturait l'esprit pour savoir où on l'emmenait et qui se trouvait à ses côtés.

Même à travers l'épaisseur de la couverture qui l'enveloppait jusqu'aux genoux, elle avait la déplaisante sensation d'un homme assis près d'elle. Depuis qu'il l'avait jetée dans la voiture, il ne la tenait plus dans ses bras, mais le seul fait de le sentir à ses côtés l'épouvantait tellement qu'elle n'avait pas la force de hurler.

Carmela savait bien que ses cris auraient été vains : personne ne pouvait l'entendre et elle avait déjà assez de mal à respirer à travers l'étoffe épaisse dans laquelle on l'avait enroulée.

« Ce doit être une sorte de feutre car, si le tissu est souple et se plaque sur mon visage, il est aussi désagréablement rugueux », pensa-t-elle.

Ce n'était pas tellement l'inconfort qui la tourmentait mais la raison de son enlèvement et le souci de ce qui allait lui arriver.

En réalité la raison n'était pas si difficile à déterminer.

Maintenant que les Gale étaient au courant de l'importance de sa fortune, on avait dû en bavarder à travers tout le pays et les notables, tout comme leurs domestiques, étaient au courant.

« Ces brigands vont réclamer une rançon, et je n'ai plus qu'à espérer que le comte la versera sans retard. Mais alors, jamais je ne pourrai le rembourser, à moins que Félicité ne me donne la somme », songea Carmela au désespoir.

Son dénuement absolu compliquait encore davantage sa situation et elle se demanda ce que son amie aurait fait en de pareilles circonstances.

La seule chose à éviter, c'était de les braver de quelque façon que ce soit, se répétait Carmela.

Elle avait lu des récits de gens torturés pour leur obstination à ne pas révéler où était caché un trésor, ou leur argent, et elle-même n'avait pas de courage à revendre.

Si on la menaçait, elle savait bien qu'elle aurait trop peur pour résister et refuser ce qu'on exigerait d'elle.

Au même moment, l'idée que le comte pourrait voir les choses de façon différente traversa son esprit. « Il va être fou furieux lorsqu'il se rendra compte de la situation et qu'il aura à payer une rançon pour moi sans pouvoir arrêter les criminels. Et s'il allait refuser de payer? » se dit-elle tout agitée. Elle se sentait trembler de crainte en songeant que les ravisseurs pourraient se venger sur elle de la mauvaise volonté du jeune homme.

Elle se rappelait le témoignage de personnes enlevées dans les mêmes circonstances et qu'on mutilait pour extorquer le prix demandé. On envoyait d'abord un doigt, puis une oreille et finalement le nez de la victime à ceux qui refusaient de payer la rançon.

Cette idée la terrifia tellement que Carmela en vint à souhaiter de sombrer dans l'inconscience pour ne plus penser à de telles choses; mais elle savait d'instinct qu'elle ferait tout pour rester bien vivante et conserver son entière capacité de réflexion.

Cependant, la voiture continuait d'avancer.

Carmela pouvait bouger ses mains sous la lourde couverture, mais elle craignait, si elle tentait de la rejeter, que l'homme assis à côté d'elle ne la brutalise.

Elle sentit qu'un de ses pieds devenait peu à peu glacé et comprit qu'elle avait perdu sa mule au moment où on la faisait passer du perron dans la voiture.

Très lentement, afin de ne pas attirer l'attention sur elle – elle entendait la lourde respiration de l'homme assis à côté d'elle – elle se mit à frotter son pied contre sa cheville.

A un moment donné, son voisin se mit à tousser et le mouvement fit osciller la voiture. L'homme heurta la jeune fille à l'épaule et elle se recroquevilla dans son coin.

Les chevaux n'avançaient plus que très lentement comme si le sol, sous les roues, se faisait plus dur. Ils étaient désormais à une grande distance du château et Carmela songea avec désespoir que même si le comte la recherchait activement, il ne parviendrait jamais à la retrouver.

Enfin les chevaux s'arrêtèrent, l'homme à ses côtés ouvrit la portière et, pour la première fois, elle entendit le son de sa voix.

– Tu ne peux pas t'approcher davantage, Arthur?

Ce n'était pas le timbre d'un homme de bonne éducation, mais il n'était certainement pas aussi rude que Carmela s'y était attendue. Un autre homme répondit :

– Non, nous sommes en plein dans les arbres.

– Ça va alors, fit le premier. Attache les chevaux et amène la lanterne.

Ainsi ils se trouvaient dans une forêt.

L'homme sauta de la voiture et vint ouvrir la portière du côté de la jeune fille; il la prit dans ses bras et à nouveau Carmela réprima une envie de hurler.

L'homme était manifestement grand et fort car il la portait avec la plus grande facilité, un bras autour de son corps, l'autre sous ses genoux.

Elle entendait craquer des brindilles sèches sous ses pieds et Carmela comprit qu'ils ne s'avançaient pas sur un chemin frayé, mais zigzaguaient entre les troncs d'arbres.

Au bout d'un moment, ils s'arrêtèrent.

– Ouvre la porte! fit l'homme.

– Gare à ta tête! l'avertit l'autre.

Encore quelques pas, et le ravisseur allongea Carmela par terre.

Elle put alors prendre appui sur ses mains et constata que le sol était fait non pas de planches, mais de terre battue, aussi sèche et dure que si on l'avait piétinée. Elle entendait aller et venir les deux hommes et ramena ses pieds sous elle dans un geste de crainte.

Puis soudain, de façon si inattendue qu'elle en eut un choc, on arracha la couverture qui l'aveuglait et elle put voir.

La première chose qu'elle aperçut fut le visage des deux individus qui l'examinaient à la lueur de la lanterne.

L'un d'eux était d'âge moyen et n'avait pas l'aspect brutal auquel s'était attendue Carmela; ce n'était visiblement pas un paysan et il avait l'air plutôt vif.

L'autre était plus jeune, mince et pâle, avec un long nez que chevauchaient des lunettes.

Comme aucun d'eux ne disait mot, Carmela prit une aspiration et demanda :

– Qui êtes-vous... et pourquoi... m'avoir amenée ici ?

Au même instant, elle se rendit compte de la stupidité de sa question. En même temps elle fut assez contente de constater que sa voix ne tremblait pas, bien qu'elle ne fût pas très claire, car elle avait le souffle court.

Le plus âgé des deux bandits eut un sourire déplaisant.

– Je vais vous dire pourquoi nous vous avons amenée ici, lady Félicité, dit-il. Nous voulons de l'argent, et vite !

– Je doute que Monseigneur... mon tuteur... vous en donne, répondit Carmela.

Son ravisseur se mit à rire.

– Vous ne pensez pas que nous allons lui en demander ?

Il regarda l'homme aux lunettes et lui dit :

– Vas-y, Arthur, explique-lui ce qu'elle aura à faire.

Carmela s'avisa alors que l'autre, debout à côté d'un grand coffre en bois de facture grossière, sortait de sa poche des papiers qu'il approcha de la lanterne.

– Tout ce que vous avez à faire, Milady, dit-il d'une voix fluette et haut perchée, c'est signer cette lettre de change que j'ai préparée pour vous, et aussi la lettre que j'ai écrite à votre place.

Carmela ne disant mot, le premier déclara au bout d'un intant :

– Nous ne réclamons que notre droit, et ce qui nous est dû.

– Qu'entendez-vous par là ? demanda Carmela.

– Votre tuteur, comme vous dites, m'a jeté dehors sans un sou, après des années de dur labeur, ainsi que Lane, ici présent.

Carmela sut alors à qui elle avait affaire.

Il s'agissait du régisseur et du comptable dont les vols sur le domaine avaient mis le comte hors de lui! C'était ce même Matthews qui, avant de partir, avait incendié sa maison!

En un éclair, Carmela pensa leur tenir tête, et leur lancer à la face quelle chance ils avaient eue d'éviter la prison et la pendaison. Mais c'eût été là pure folie! Rien de ce qu'elle pourrait déclarer ne modifierait leur intention de lui soutirer de l'argent.

De même, si elle leur apprenait qu'en vérité elle ne possédait pas un centime, ils ne feraient qu'en rire sans la croire.

Ils attendaient visiblement sa réaction et, au bout d'un instant, elle s'enquit :

– Quand j'aurai signé ce chèque comme vous me l'avez... demandé... que comptez-vous... faire de moi?

Sa voix flancha sur les trois derniers mots et, comme pour démentir sa faiblesse, elle leva très haut le menton.

Une fois encore, Matthews eut son vilain sourire.

– J'espère qu'on vous trouvera tôt ou tard. Et si, en attendant, vous vous sentez un rien affamée, vous pourrez toujours vous rappeler le sort que nous réservait votre bon, votre généreux tuteur.

– Vous rendez-vous compte que si vous êtes pris à soutirer de l'argent par... chantage, cela viendra s'ajouter à vos autres crimes et que... le châtiment sera très... sévère?

– Nous ne serons pas pris, répliqua Matthews. Nous filons à l'étranger, hein, Arthur? Mais vous pourrez demander à Monseigneur, s'il est en veine de générosité, de prendre soin de nos familles à notre place.

Il fit quelques simagrées avant d'ajouter :

– Il y a abondance de femmes, là où nous allons!

– Tu parles trop, fit Lane. Allons, finissons-en!

A l'entendre, Carmela était sûre que Matthews avait bu, pour se donner du courage, peut-être. Comme il s'avançait pour l'aider à se remettre sur pied, elle sentit son haleine empestant l'alcool.

Elle frémit de dégoût à son contact et se libéra d'un sursaut, en essayant de marcher avec dignité vers le coffre, bien que le sol blessât son pied nu.

En arrivant devant le meuble, elle prit place sur une bille de bois qui pouvait servir de siège.

Lane sortit d'un petit sac de cuir un encrier et deux plumes d'oie et les plaça devant elle; Carmela constata qu'il avait écrit la lettre de cette écriture courante aux employés. Elle la prit et lut.

A Messieurs Coutts,

Messieurs, voulez-vous avoir l'obligeance de payer la lettre de change ci-jointe, d'un montant de dix mille livres, à l'ordre de F.J. Matthews.

Sincèrement vôtre.

Carmela remarqua, gravés au haut de la feuille, la couronne comtale et les mots « Château de Gale »; Lane, avant de partir, avait volé du papier à en-tête.

Les deux hommes la regardaient. Elle reposa la lettre et dit :

– Et vous croyez réellement que la banque va sortir une somme aussi considérable sans faire une enquête plus poussée?

– Pourquoi pas? fit Lane. Votre vie vaut bien davantage, mademoiselle, mais nous sommes gens de bon sens et ne demandons qu'une somme ne pouvant éveiller leurs soupçons.

– Si tu m'en crois, fit Matthews avant que Carmela ait pu dire un mot, nous devrions demander bien plus. Inscris vingt mille livres, Arthur. Ça pourra marcher!

Lane secoua la tête.

– Non! Ils trouveraient bizarre que la jeune dame réclame tant d'argent liquide. Il ne faut pas éveiller outre mesure leurs soupçons!

– Tu m'as affirmé qu'on ne courait pas de risque avec dix mille, chicana Matthews d'un ton agressif.

– Rien n'est jamais sûr, répliqua Lane. Vu la fortune de Mademoiselle, on pensera qu'elle veut acheter des chevaux ou des bijoux et personne ne mettra en doute ni la lettre ni la lettre de change.

– Si tu t'es trompé, je te tuerai! fit Matthews. Bon, allons-y!

Lane reporta son regard sur Carmela et lui désigna du doigt le bas de la page.

– Votre nom ici, Milady.

Carmela était partagée entre se lancer dans une imitation passable de la signature de Félicité, ou bien écrire de façon si différente qu'au premier regard la banque aurait des soupçons et refuserait de verser l'argent aux deux hommes.

Elle jugea même un instant que c'était là une brillante idée qui leur vaudrait un châtiment amplement mérité.

Puis elle se dit qu'au premier signe d'hésitation de la banque ils s'enfuieraient, et un certain temps pourrait s'écouler avant que Coutts n'essaie de la joindre pour la mettre au courant.

Durant tout ce temps elle resterait là, emprisonnée dans cette hutte construite probablement par des bûcherons, et si, d'ici là, le comte ne la retrouvait pas, elle pourrait y rester des jours et des semaines sans aucune chance d'en sortir.

Finalement, elle estima que le seul moyen de

retrouver la liberté était de marchander avec les hommes qui la menaçaient.

Au lieu de prendre la plume, elle déclara simplement :

– Si je signe ceci et que vous touchez l'argent, reviendrez-vous ici pour me libérer?

Matthews hésita, et elle comprit qu'il se souciait comme d'une guigne de son sort!

Il finit par dire, l'œil luisant de ruse :

– Naturellement, Milady! Aussi ne serait-ce que justice d'agir honnêtement avec nous!

L'homme suintait la fausseté et Carmela sut immédiatement qu'il n'avait nulle intention de revenir pour la libérer. Dès qu'ils tiendraient l'argent, Lane et lui fileraient à l'étranger.

« Je vais signer du nom de Félicité avec ma propre écriture », décida-t-elle.

Mais, comme s'il lisait dans ses pensées, Lane lui dit :

– Si vous nous jouez un tour, Milady, vous vous en repentirez!

– Que veux-tu dire, jouer un tour? demanda Matthews. Que peut-elle faire?

– Signer de façon telle que la banque n'honore pas la lettre, par exemple, et je la soupçonne de songer à le faire.

Matthews eut un glapissement de rage semblable à celui d'une bête sauvage.

– Essayez! dit-il à Carmela. Si jamais vous faites quelque chose de ce genre, je vous écrase! J'en ai assez supporté de Monseigneur sans que vous y ajoutiez du vôtre!

Carmela sentit son cœur se contracter de peur, et elle dit en hésitant :

– Je... je vais signer... comme vous me le demandez.

– Vous ferez bien! cracha Matthews, menaçant,

avant de se tourner vers Lane. Sais-tu à quoi ressemble sa signature?

– Comment le saurais-je?

– Alors, il faut se fier à elle?

– Nous n'avons pas le choix et n'oublie pas de revenir la libérer dès que nous aurons l'argent.

Sa voix prenait une intonation particulière pour avertir son complice que c'était le seul moyen d'obtenir la signature de la jeune femme, mais l'autre, abruti par la boisson, ne comprit pas.

– Je ne compte pas remettre les pieds dans cette damnée...

Il allait se mettre à jurer quand il capta le signe de Lane dans le dos de Carmela et il arrêta à temps les mots sur ses lèvres.

– Bon, bon, fit-il. Ce sera comme tu voudras. Nous reviendrons.

Avec un léger soupir, Carmela se dit que c'était sans espoir. Ils n'avaient nulle intention de reparaître, mais elle craignait trop de tricher avec eux; ils pourraient se venger physiquement sur elle.

Sans rien ajouter, elle trempa la plume dans l'encre puis lentement, car il lui fallait prendre bien soin d'imiter l'écriture de Félicité, elle signa la lettre.

Lane, alors, avança la lettre de change.

Elle avait été imprimée pour une autre banque dont on avait soigneusement biffé le nom et inscrit au-dessous « Coutts et Compagnie ».

En le voyant, Carmela pensa à ce qu'aurait représenté cette somme pour son père et sa mère. Ils avaient dû économiser et racler les fonds de tiroirs si souvent afin de réunir quelques sous pour le mois, lorsque son père n'était pas parvenu à vendre une seule de ses toiles!

Cette somme paraissait énorme, mais la fortune de Félicité était si considérable que si Matthews et

Lane parvenaient à s'enfuir avec l'argent, la perte serait de peu d'importance.

En conséquence, sans plus tergiverser, elle signa du nom de Félicité. Tandis qu'elle écrivait, les deux gredins surveillaient chaque mouvement de sa plume.

Puis, tandis que Lane sablait le cachet de la lettre, Matthews déclara :

– Et maintenant, allons voir à quelle vitesse ces chevaux que tu as loués vont nous mener à Londres.

– Nous y serons avant l'ouverture de la banque, répondit Lane.

Il mit la lettre de change dans sa poche, referma l'encrier et le remit avec les plumes dans sa sacoche.

– J'espère que vous trouverez le confort suffisant, ricana Matthews. Et pendant que vous y serez, vous pourrez méditer sur le vieil adage : « Rira bien qui rira le dernier. »

Sur ces mots, il se dirigea vers la porte et se courba pour la franchir, suivi de Lane qui portait la lanterne.

– Je vous en prie, ne me laissez pas ici dans le noir! cria Carmela.

Mais déjà ils étaient dehors et, pour toute réponse, elle n'entendit que le grincement du battant qui se refermait.

Puis le loquet retomba avec un bruit sec et Carmela comprit qu'elle était prisonnière : la porte ne pouvait s'ouvrir que de l'extérieur.

L'obscurité était maintenant complète, la hutte ne devait pas comporter de fenêtre, sinon elle aurait aperçu la lueur de la lanterne s'éloignant entre les arbres.

Carmela demeura assise sur la bille de bois qui lui avait servi de siège devant le coffre et, joignant les mains, elle essaya d'évaluer le temps qu'on pourrait mettre à la délivrer, s'il y avait la moindre chance que cela se produise.

Elle s'aperçut qu'elle tremblait non seulement de crainte, mais aussi de froid; son pied déchaussé commençait à s'engourdir.

« Soyons raisonnable, se dit-elle, et attendons qu'il fasse jour. Il me viendra bien alors une idée pour trouver un moyen de m'échapper. »

Mais elle avait le sentiment très net que ce serait impossible.

Elle avait vu ces huttes construites par les bûcherons pour y ranger leurs outils et se reposer quand le temps était trop pluvieux pour travailler. Elles étaient ordinairement bâties en rondins, fendus par le milieu, et enfoncés profondément dans le sol à coups de marteau. Le toit devait être assemblé de la même façon et couvert de quelque matériau imperméable. Les outils avaient de la valeur et aucun bûcheron ne voulait risquer de perdre sa scie ou sa hache, de sorte que les huttes étaient toujours solidement construites et à l'épreuve des voleurs.

« On ne me retrouvera peut-être jamais, pensa lugubrement la jeune fille. Je mourrai de faim et il ne restera de moi que mon squelette. »

Elle se gourmanda ensuite de se laisser aller à des pensées si déprimantes. Dieu veillerait sur elle et entendrait ses prières; c'était son seul espoir.

Mais elle était terrorisée et songea à s'asseoir sur le sol, le dos au mur; dans cette position peut-être parviendrait-elle à dormir un peu.

Elle tâtonna le long de la paroi de la hutte, et s'accroupit dans un coin en se couvrant les pieds du mieux possible avec sa robe de chambre.

Heureusement que Suzy lui avait choisi un vêtement aussi chaud! Mais l'idée que Suzy avait visiblement partie liée avec Matthews et Lane lui traversa l'esprit.

« Dans quelle colère cette histoire va mettre le comte ! pensa-t-elle. Encore quelqu'un du personnel qui l'a trompé, un de plus ! »

Carmela se sentit presque compatissante, mais se rappela brusquement qu'elle aussi lui mentait, le trompait.

Néanmoins, elle était certaine qu'en découvrant son absence il userait de toute sa finesse et sa détermination pour la retrouver et la ramener.

Il ne pourrait être averti au plus tôt qu'à huit heures du matin, puisqu'elle ne serait pas là pour prendre le petit déjeuner avec lui, comme convenu.

Il comprendrait alors que quelque chose n'allait pas. Il ne pourrait guère penser qu'elle s'était enfuie sans autre vêtement qu'une robe d'intérieur. La vieille femme de chambre l'en informerait certainement.

« Il me trouvera... je sais qu'il... me trouvera ! » se dit Carmela.

Bien sûr, cela lui prendrait beaucoup de temps, mais cette idée lui mettait du baume au cœur ; c'était comme une lumière dans l'obscurité.

Elle s'appuya contre le mur et écouta, dans le silence de la hutte, les bruits qui lui parvenaient du bois, à l'extérieur.

Au loin, un renard glapit et, au-dessus de sa tête, un hibou hulula ; enfin, bien qu'elle n'en fût pas certaine, elle crut entendre détaler de minuscules animaux.

« Si j'étais dehors, je n'aurais pas peur », pensa-t-elle.

Le bois faisait tellement partie des contes de fées que lui racontait son père lorsqu'elle était enfant !

Maintenant, elle en venait à souhaiter que les lutins qui logent sous les arbres viennent à son secours à travers le sol de la hutte, ou que les oiseaux emportent un message qui éveillerait le comte et lui apprendrait dans quel danger elle se trouvait.

Faute d'oiseau à dépêcher, elle s'imagina qu'elle envoyait ses pensées à la place, lesquelles prenaient leur envol à travers les arbres jusqu'à la grande demeure.

« Au secours! Au secours! » appela-t-elle.

Cependant, même si le comte se trouvait être suffisamment réceptif, elle et lui n'étaient pas assez liés l'un à l'autre pour qu'il comprenne qu'elle avait besoin de lui.

Mais en même temps, Carmela se rappela la façon dont il lui avait baisé la main lorsqu'ils s'étaient souhaité le bonsoir; elle pouvait encore sentir sur sa peau la pression des lèvres chaudes.

« Au secours! Au secours! »

Il lui sembla à nouveau que ses cris s'envolaient, tels des oiseaux, depuis sa prison jusqu'à la seule personne qui pouvait la sauver.

Alors, comme son esprit et son corps tout entiers soupiraient après le comte, elle comprit, en un fulgurant éclair de lucidité, qu'elle l'aimait.

Le comte ouvrit les yeux, et, à la perspective de la journée à venir, un sourire de satisfaction se dessina sur ses lèvres.

La promenade à cheval prévue lui revint en mémoire et il eut la certitude d'en retirer beaucoup d'agréments, sans compter une connaissance nouvelle de son domaine.

Il s'étira en bâillant, puis se rendit compte qu'il venait de s'éveiller en pleine nuit; quelque chose le troublait, mais il ne savait pas quoi.

En fait, depuis un moment déjà il ne dormait plus et songeait à Félicité, si attirante et tellement plus intelligente qu'il ne s'y était attendu.

« Elle est, certes, tout à fait distrayante, mais l'esprit, chez une femme, c'est du gaspillage », se disait-il.

Lorsqu'il pensait aux fils qu'il voulait avoir, il les imaginait toujours aussi intelligents qu'athlétiques, mais n'avait jamais trouvé cela nécessaire pour ses futures filles.

Et pourtant, il se disait maintenant qu'une femme douée de caractère serait bien plus intéressante pour son mari. Cela semblait évident.

« Le Prince ne se lassera pas de Félicité », songea-t-il en se demandant si le cerveau du Prince valait celui de la jeune fille.

« Il faut s'attendre à ce que, tôt ou tard, ce soit elle qui gouverne le Horngelstein et je ne vois pas comment Frédéric pourrait l'en empêcher, se dit-il. Quant à moi, je ne supporterai pas qu'une femme me mène à la baguette! »

Il songea alors à l'épouse mythique qu'il lui fallait découvrir, celle qui lui donnerait les enfants héritiers de la famille Gale. Après tout, elle pourrait aussi bien être intelligente plutôt que stupide!

Il se remémora toutes celles avec qui il avait eu des liaisons enflammées mais brèves, et il ne put s'en rappeler une seule qui l'ait entretenu de sujets sérieux, ou ait stimulé son esprit comme le faisait Félicité.

Il était sûr qu'aujourd'hui même, lorsqu'ils s'arrêteraient pour déjeuner dans une auberge rustique, elle ne manquerait pas de l'amuser et de lui lancer des pointes.

Il adorait la voir l'observer par-dessous ses cils, recourbés comme ceux d'un enfant. Il voyait déjà dans ses yeux l'étincelle espiègle qu'il avait appris à reconnaître.

« Le diable m'emporte! jura-t-il intérieurement. Elle est infiniment trop bien pour le jeune Frédéric!

Il sera seulement amoureux d'elle parce qu'elle est jolie, mais ne sera jamais capable d'apprécier les subtilités de cet esprit exceptionnel. »

Dans sa rêverie, la jeune femme lui parut en esprit si vivante qu'elle lui sembla être là à ses côtés, qui lui parlait.

Alors, il se retourna sur sa couche et tenta de chasser cette vision de son esprit pour retrouver le sommeil et le calme.

Le valet pénétra sans bruit dans la chambre et déposa auprès du lit un plateau sur lequel étaient disposés un pot de thé et de fines tranches de pain beurré. Il se dirigea ensuite vers les fenêtres pour tirer les rideaux et laisser entrer le soleil matinal.

– Belle journée, Jarvis, remarqua le comte.

– Certainement, Milord. Je vous prie de m'excuser, Milord, mais Mrs Humphries est très tourmentée.

– Tourmentée? Et pourquoi donc? fit le comte tout en se versant une tasse de thé.

– C'est que Mademoiselle reste introuvable, Milord.

Interloqué, le comte le regarda.

– Que voulez-vous dire par là?

– Eh bien, Milord, Mademoiselle n'est pas dans sa chambre. Elle avait demandé qu'on l'éveille de bonne heure pour monter à cheval avec Votre Seigneurie, mais on ne peut la retrouver nulle part.

– Elle s'est peut-être levée tôt pour aller aux écuries, suggéra le comte.

– Non, Milord, Mrs Humphries y a déjà pensé, or Mademoiselle ne s'est pas habillée. En fait, à ce que dit Mrs Humphries, tout ce qu'il manque dans la garde-robe, c'est une robe de chambre que Mademoiselle n'avait encore jamais portée depuis qu'elle est ici.

– Voilà certes un mystère, dit le comte avec bonne humeur, mais je présume qu'il doit y avoir une explication toute simple.

Peut-être Félicité était-elle montée sur la terrasse pour voir l'aube se lever, ou s'était-elle rendue à la bibliothèque pour y choisir un livre, se dit-il sans s'inquiéter autrement. Cette Mrs Humphries, quelle vieille faiseuse d'embarras!

On frappa à la porte, et Jarvis alla ouvrir. Il parla un instant à une personne restée au-dehors puis rentra dans la chambre.

– Qu'est-ce que c'est? demanda le comte tout en buvant son thé.

– Mrs Humphries m'a prié de vous dire, Milord, qu'une des servantes vient juste de trouver ceci à l'extérieur, devant la porte de service qui ouvre sur l'avenue.

Et Jarvis tendit au comte une mule de satin mauve pâle.

– Vous dites que cela a été trouvé derrière, sur l'avenue?

– Oui, Milord, et Mr Newman a vu des traces de roues de voiture, et peut jurer qu'elles n'y étaient pas hier au soir quand il est passé par là.

Le comte posa sa tasse et sauta de son lit. S'étant habillé en toute hâte, il se rendit aussitôt à la chambre de Carmela. Il y trouva Mrs Humphries qui se tordait les mains de désespoir.

– Je suis contente de vous voir, Monseigneur, ah oui alors! Mademoiselle n'a jamais fait le moindre caprice depuis son arrivée ici. J'ai envoyé les servantes la chercher partout, et il n'y a pas une pièce dans la maison que l'on n'ait fouillée!

– C'est incompréhensible! s'exclama le comte.

– Suzy aussi a disparu, poursuivit Mrs Humphries, sans qu'on puisse penser qu'elle est avec

Mademoiselle car c'est une propre à rien dont je comptais me défaire, de toute façon.

– Suzy? fit distraitement le jeune homme.

– Suzy Lane, Milord.

Brusquement, le comte devint plus attentif aux propos de la vieille femme.

– Vous avez dit Suzy *Lane*?

– Oui, Milord.

– A-t-elle quelque rapport avec Arthur Lane, le comptable du domaine?

– C'est sa nièce, Milord, répondit Mrs Humphries. Il m'avait demandé de la prendre ici et, bien que je n'en sois pas satisfaite, j'ai voulu lui donner une chance, afin de ne pas faire d'histoires, comme on dit.

– Et vous dites qu'elle a aussi disparu? demanda le comte.

– Eh bien, Emily, qui partage sa chambre, m'affirme qu'elle a dû s'en aller dans la nuit. En se réveillant ce matin, Emily ne l'a plus trouvée.

Le comte n'eut pas besoin d'en entendre davantage. Il se précipita dans l'escalier, puis vers la porte de service, pour examiner les traces de roues dont Newman lui répétait inlassablement qu'elles étaient fraîches de quelques heures.

– Ces traces n'étaient pas là, Milord, quand je suis venu par ici juste avant le dîner; je fais toujours une petite promenade hygiénique, comme on dit.

– Oui, oui, fit le comte. Vous êtes bien sûr que ces marques n'y étaient pas?

– Absolument, Milord, car je suis plutôt observateur pour ce genre de choses et, comme Monseigneur peut le voir, la voiture était tirée par deux chevaux.

On montra au comte l'endroit exact où avait été retrouvée la pantoufle de Carmela.

Sur son ordre, quelques valets partirent en courant chercher les hommes qui travaillaient aux écuries, dans les jardins et les bois.

Vingt minutes plus tard, toute la domesticité fut réunie devant le perron et Selwyn Gale, très grave, s'adressa à eux.

Il expliqua que lady Félicité demeurait introuvable et demanda de commencer les recherches dans le secteur du domaine où chacun d'eux travaillait. Pas un buisson, un fossé, ou un bâtiment ne devait échapper à leurs investigations.

– Monseigneur pense-t-il qu'on pourrait avoir enlevé Mademoiselle? demanda un palefrenier.

– C'est tout à fait possible, répondit brièvement le comte.

Les Gale n'avaient que trop bavardé à propos de la fortune de Félicité et il était convaincu que tous leurs serviteurs étaient au courant. La nouvelle avait dû se répandre, tel un incendie de forêt, à travers le domaine et dans les villages avoisinants.

« Maudit soit l'argent! se dit-il intérieurement. Tout ce qui importe, c'est que Félicité soit saine et sauve. »

Il donna ses dernières instructions, sauta lui-même sur son étalon et partit à la recherche de sa cousine. Jamais encore il n'avait ressenti une telle émotion et sa hâte de la retrouver était grande.

Brusquement, il se sentit terrifié à l'idée qu'elle pouvait avoir été blessée, droguée ou outragée par ses ravisseurs. Même si on ne lui avait pas fait de mal, Selwyn connaissait trop la sensibilité de la jeune fille pour ne pas redouter le choc de cette épreuve.

– Il faut que je la retrouve, et vite! fit-il à voix haute.

Et, fou d'inquiétude, il lança son cheval au grand galop.

7

Le comte retint son étalon écumant, et sentit la sueur perler à son front brûlant.

« Je me trouve maintenant à la limite du domaine et toujours rien! Si Lane et Matthews ont emmené Félicité dans un autre comté, il sera presque impossible de la retrouver », se disait-il désespéré.

Depuis plus de quatre heures qu'il recherchait la jeune fille, son sentiment pour elle n'avait cessé de grandir; maintenant, il savait qu'elle était devenue une personne à part dans sa vie et son cœur.

En même temps, il se sentait en proie à un désir incontrôlable de tuer les hommes qui l'avaient enlevée et se reprochait amèrement d'avoir fait preuve de négligence en ne les faisant pas condamner pour leurs crimes.

Il regarda autour de lui et vit qu'il s'était arrêté dans une clairière où les arbres avaient été abattus.

« Et si cet enlèvement avait un rapport avec la vente de bois qui m'a permis de découvrir les vols de Matthews? Ce scélérat, avec son esprit torve et sa soif de vengeance, a pu amener Félicité dans cet endroit en pensant que personne n'aurait l'idée de venir la chercher? » se dit le jeune homme.

Comment cette brusque inspiration lui était

venue? Il aurait été incapable de le dire et il poussa son cheval vers un sentier qui passait entre les troncs d'arbres.

Le comte n'espérait pas vraiment retrouver là Félicité mais il savait que c'était sa dernière chance.

Peu après, il aperçut devant lui une hutte de bois semblable à celles que construisent les bûcherons.

Carmela sut que l'aube se levait lorsqu'elle vit passer de faibles rais de lumière par les fentes étroites entre les rondins.

Les oiseaux chantaient de plus en plus fort et elle se sentait transie de froid et morte de peur car elle avait compris que ses chances d'être retrouvée étaient extrêmement minces.

Le bois et la hutte où on l'avait enfermée devaient se trouver dans une partie reculée du domaine; aussi prévoyait-elle de longues heures d'attente avant qu'on ne la découvre, à supposer qu'on la recherche dans cette direction.

Soudain, elle entendit au-dehors un bruit différent de ceux qu'elle avait distingués jusque-là et elle se précipita immédiatement vers la porte en criant :

– Au secours! Au secours!

Aussitôt un animal détala à travers le sous-bois, et Carmela pensa qu'il s'agissait peut-être d'un daim.

Toute honteuse de s'être laissée aller à la panique, elle retourna s'asseoir dans le coin où elle avait passé la nuit, essayant de calmer les battements de son cœur et l'accélération de son souffle.

« J'ai peur! s'avoua-t-elle. J'ai tellement peur! »

Entre les fentes des murs, les flèches de lumière se faisaient plus brillantes, mais les heures passaient sans que rien ne se produisît.

Carmela avait bien peu dormi durant la nuit et, totalement épuisée, elle sombra bientôt dans une demi-torpeur.

Brusquement, le loquet de la porte cliqueta et Carmela se redressa, sur le qui-vive, redoutant de voir apparaître Matthews ou Lane.

Mais la haute silhouette d'un homme aux larges épaules se détacha dans le contre-jour et Carmela poussa un cri de joie.

Déjà le comte était près d'elle et la serrait dans ses bras. Elle s'agrippa à lui en balbutiant :

– Vous m'avez... retrouvée! Vous m'avez... retrouvée! J'ai tant prié pour que... vous veniez! J'avais si peur... de mourir... avant.

– Ah, vous étiez donc là! dit le comte d'une voix étrange.

Et comme des larmes de joie ruisselaient sur les joues de Carmela, les lèvres viriles se posèrent sur celles de la jeune fille.

Pendant un moment, elle resta trop bouleversée pour ressentir autre chose que sa présence.

Puis les lèvres se firent plus pressantes et plus rien ne compta que celui qui l'avait sauvée, qui la serrait dans ses bras, et qu'elle aimait!

Et tandis que le baiser du jeune homme se faisait plus exigeant, plus insistant, il lui sembla qu'elle décollait de terre, délivrée de ses craintes et de ses terreurs. Il n'y avait plus que lui, ses bras qui l'enfermaient, la pression de sa bouche.

Elle crut alors que les rayons dorés du soleil s'infiltraient dans tout son corps et montaient jusqu'à ses lèvres à travers sa poitrine et sa gorge. Lui aussi participait à cette gloire et l'amour de la jeune fille trouvait le chemin de son cœur.

Selwyn la serrait dans ses bras, et cueillait de ses lèvres, une à une, les larmes sur les joues brûlantes; sa bouche errait sur les yeux, le front de la jeune fille, puis il prit à nouveau sa bouche, tandis qu'elle se laissait aller contre lui. Le ravissement éveillait en elle des sensations inconnues.

Carmela se sentit suffoquer d'extase et lorsqu'elle fut submergée par l'intensité de l'émotion, avec un léger murmure elle cacha son visage au creux de l'épaule du comte.

Mais elle ne le lâcha pas et s'agrippa à lui comme si elle craignait de le voir disparaître de nouveau.

– Comment aurais-je pu vous perdre? dit Selwyn d'une voix rauque et qui tremblait un peu.

– J'avais... j'avais peur que... vous ne me trouviez jamais.

– Je vous ai trouvée. Oubliez tout. Plus jamais cela ne se reproduira!

Il leva vers lui le menton de la jeune fille.

– Je me sentais fou, désespéré, fit-il, comme s'il se parlait à lui-même.

Puis, il la couvrit de baisers tendres, passionnés qui donnaient à Carmela l'impression que son corps se fondait dans le sien pour ne devenir qu'un.

« Je sors d'une si longue nuit et seuls ses baisers pouvaient me redonner la vie! » songea-t-elle avec fièvre.

– Il faut que je vous ramène à la maison, dit enfin le comte.

Elle leva la tête et balbutia :

– Je... je vous aime! J'ai essayé de vous... appeler dans la nuit et de vous dire... où je me trouvais... mais j'avais peur que... vous ne puissiez... m'entendre.

– Je me suis éveillé en pensant à vous, dit Selwyn, mais il m'a fallu quelque temps pour recevoir votre message; maintenant me voici, c'est tout ce qui compte.

Carmela prit soudainement conscience qu'elle avait déclaré son amour au jeune homme et qu'il l'avait embrassée : jamais cela n'aurait dû se produire et elle s'échappa de ses bras, mais déjà il poursuivait :

– Vous m'avez avoué votre amour, ma chérie, et moi j'ai compris, quand je vous cherchais, combien je vous aimais; je ne pourrais plus vivre sans vous.

Carmela le regarda avec de grands yeux et le jeune homme ajouta :

– Nous sommes certes cousins germains, mais qu'importe? Vous êtes mienne et jamais je ne vous laisserai partir.

Carmela rouvrit les yeux, frappée par l'idée qu'il allait falloir dire la vérité au comte, mais le moment n'était guère propice.

Elle se sentit défaillir et posa sa tête sur l'épaule du jeune homme, désemparée. Comment lui apprendre qu'elle l'avait trompé et lui avait joué la comédie?

Mais bien vite plus rien ne lui sembla réel, seul comptait qu'elle se tenait tout contre lui et qu'il lui avait avoué son amour.

Le comte referma à nouveau ses bras sur elle.

– Quand on vous a enlevée, dit-il, telle Cendrillon vous avez laissé derrière vous une de vos pantoufles. J'ai su alors qu'il vous était arrivé quelque chose de terrible.

– Mais vous ne saviez pas... qui m'avait... enlevée, demanda Carmela à voix basse, et m'avait amenée ici... en plein bois?

– Lorsque j'ai appris que la nièce de Lane avait également disparu, répliqua le comte, j'ai compris ce qui s'était passé. Mais nous en reparlerons plus tard. Vous en avez assez supporté pour le moment. Il nous faut rentrer.

Il la souleva dans ses bras et la déposa sur la selle de son cheval puis reprit les rênes qu'il avait attachées à un tronc d'arbre abattu.

Il monta derrière Carmela, la tenant serrée contre lui, et lança le cheval à travers bois vers la lisière.

Carmela ferma les yeux. En cet instant, elle ne voulait plus penser à rien, sinon qu'elle était maintenant en sécurité contre la poitrine de Selwyn. Elle lui confesserait qu'elle lui avait menti, lorsqu'elle se sentirait plus forte, pas avant.

Alors qu'ils approchaient de la maison, le comte demanda :

– Matthews et Lane ont-ils dévoilé leurs intentions? Comptaient-ils demander une rançon?

– Non, répondit Carmela. Ils m'ont fait signer une lettre de change de dix mille livres et aussi une lettre pour la banque Coutts, les autorisant à toucher l'argent.

– Dix mille livres! murmura le comte.

– Ils ont ajouté que sitôt l'argent touché, ils fileraient à l'étranger.

– Ah j'aurais dû les traîner devant les tribunaux! fit Selwyn, mais ils appartiennent à ce type de criminels qui finissent, un jour ou l'autre, par se pendre eux-mêmes, et j'aurais payé mille fois plus pour vous savoir en sécurité.

L'étreinte de ses bras se fit plus forte et Carmela lut dans ses yeux son désir de l'embrasser de nouveau. Mais ils étaient en vue du château et le jeune homme poussa un profond soupir.

Au milieu des exclamations des domestiques, heureux de la voir de retour, saine et sauve, il emporta Carmela dans l'escalier jusqu'à sa chambre. Maintenant, elle se retrouvait confrontée à ses mensonges. Tôt ou tard, il lui faudrait expliquer toute l'affaire au jeune comte et elle frissonna en songeant à sa colère.

– Avez-vous froid? demanda-t-il avec anxiété, comme s'il soupçonnait quelque chose.

– Non... non! Seulement... soulagée d'être... de retour, se hâta de dire Carmela.

– Tout comme je suis heureux de vous revoir, fit-il à voix basse.

Il la porta jusqu'à son lit.

– Veuillez coucher Mademoiselle, ordonna-t-il à Mrs Humphries qui gloussait, telle une poule agitée. Donnez-lui quelque chose à manger, et puis laissez-la dormir.

– Oui, Milord, bien sûr, Milord, répondit Mrs Humphries. Quelle chance que Mademoiselle nous soit revenue saine et sauve, Dieu merci!

Le comte contempla Carmela appuyée contre ses oreillers et surprit une lueur qu'il n'avait jamais vue auparavant dans son regard.

– Nous parlerons plus tard, dit-il d'une voix calme.

Il quitta la chambre et elle se retint de courir vers lui pour l'empêcher de la laisser seule.

Carmela dormit, mangea, et s'assoupit encore. Mais, après le thé, elle insista pour se lever et descendre dîner.

– Monseigneur a exigé que vous ne bougiez pas jusqu'à votre total rétablissement, fit Mrs Humphries, mais en vain.

– Je suis en pleine forme!

En fait, elle se sentait encore un peu lasse, mais ne supportait pas de rester plus longtemps éloignée de Selwyn. Elle voulait être près de lui pour qu'il lui parle et l'embrasse encore.

Elle se sentait parcourue de délicieux frissons lorsqu'elle se rappelait les baisers magiques dont il l'avait couverte dans la hutte; il s'était emparé de son cœur, et aussi de son âme, pour les faire siens.

« Si le comte apprend la vérité, jamais il ne me pardonnera d'avoir prétendu être Félicité. Il sera tellement furieux qu'il pourrait ne plus m'aimer, et comment vivre sans son amour? » se lamentait Carmela.

Et elle se mit à prier avec ferveur tout en s'habillant. « Mais le temps n'est pas encore venu de tout lui révéler : Félicité n'est toujours pas mariée, je dois donc continuer à me faire passer pour elle jusqu'au dernier moment », tenta-t-elle de se raisonner.

Car malgré son sentiment pour le comte, elle restait loyale envers Félicité. Il lui fallait tenir sa promesse et continuer à jouer ce rôle jusqu'à la mort de la femme de Jimmy.

Carmela se sentait déchirée entre la nécessité de révéler la vérité à l'homme qu'elle aimait, et l'envie de vivre avec lui, encore un peu, ce bonheur illusoire. Elle ne pouvait pas choisir entre les deux.

Elle savait aussi que si, aveuglé par la colère, le comte la renvoyait, sa vie ne serait plus qu'une suite de jours sinistres et sans but. Jamais plus elle ne pourrait être heureuse!

« Je l'aime! Je l'aime! Je l'aime! » se disait-elle à chaque marche qu'elle descendait pour se rendre au salon.

Elle s'arrêta sur le seuil de la pièce et contempla le jeune homme, debout devant la cheminée; il était si beau, si élégant dans son habit de soirée!

Il souriait et, quand leurs yeux se rencontrèrent, il ouvrit tout grand les bras et Carmela courut s'y jeter avec un cri de bonheur.

Le jeune homme la pressa contre lui puis l'embrassa; ses baisers étaient passionnés et possessifs, comme s'il voulait rattraper les heures perdues.

– Je vous aime, fit-il d'une voix profonde. Maintenant, redites-moi ce que vous m'avez dit ce matin.

– Je vous... adore! dit Carmela. Comment pourrais-je m'en empêcher?

– Mais pourquoi retenir votre cœur?

Et il l'embrassa à nouveau.

Ils s'écartèrent enfin l'un de l'autre quand le maître d'hôtel vint annoncer le dîner.

Lorsque le comte offrit son bras à Carmela et qu'elle y posa sa main tremblante, il la couvrit de la sienne en souriant; les mots étaient superflus, tous deux savaient parfaitement ce que l'autre ressentait.

Pendant le dîner, alors que leurs lèvres disaient une chose et leurs yeux une autre, Carmela eut l'impression d'être environnée d'une lumière surnaturelle tombant des cieux.

Le repas terminé, ils revinrent ensemble au salon et, comme elle prenait place sur le sofa, le comte déclara :

– Maintenant, ma chérie, il nous faut parler de notre avenir.

Elle allait lui demander de remettre cette conversation au lendemain quand la porte s'ouvrit sur Newman, un plateau d'argent à la main.

– Qu'y a-t-il, Newman? fit le comte, agacé d'être dérangé.

– Les chevaux reviennent à l'instant de Douvres, Milord, répondit Newman. Le cocher a rapporté cette lettre que Son Altesse Royale a écrite dès son arrivée à bord.

Le comte prit la lettre et, tandis que le maître d'hôtel quittait la pièce, il la décacheta en déclarant :

– Je crains bien que notre royal ami n'ait à chercher une épouse ailleurs. Je suis sûr qu'à nous deux, nous lui en trouverons une!

Il y eut une petite pause, puis Carmela dit d'une voix hésitante :

– Je... je ne crois pas que le Prince... souffrira de... me perdre.

Mais elle vit que Selwyn ne l'écoutait pas et fixait la lettre qu'il tenait à la main.

Le silence se prolongea et Carmela, toute nerveuse, demanda :

– Que se passe-t-il ? Que vous écrit... Son Altesse Royale ?

– Voilà qui est extraordinaire ! répliqua le comte. J'ai l'impression de rêver !

– Qu'y a-t-il ? insista Carmela.

Le jeune homme regarda une fois encore la lettre qu'il tenait à la main puis expliqua :

– Le prince Frédéric a écrit cette lettre aussitôt monté à bord. Il me remercie de mon hospitalité et m'exprime sa reconnaissance pour les chevaux et le navire. Il vous envoie ses compliments dans les termes les plus flatteurs.

Carmela écoutait, troublée ; qu'y avait-il de si étrange à cela ?

– Il y a un post-scriptum, que voici, poursuivit le comte.

« Comme je me trouvais sur le quai, j'ai rencontré l'un des membres de notre ambassade à Londres, qui revenait tout juste de Paris. Il m'a montré un journal, acheté le matin même, et je suis sûr que l'entrefilet ci-joint vous surprendra autant que moi. »

– Un... extrait de journal ? interrogea Carmela.

En guise de réponse, le comte lui tendit une coupure de presse qu'elle saisit machinalement, sachant déjà ce qu'elle allait lire. Un instant, les caractères d'imprimerie semblèrent danser devant ses yeux. Puis elle se hâta de traduire :

« Lord Salwick, Pair d'Angleterre, a épousé hier à l'ambassade britannique, rue du Faubourg-Saint-Honoré, lady Félicité Gale, fille du 6e comte de

Galeston. L'heureux couple passe sa lune de miel à l'hôtel de Fontainebleau, sur les Champs-Élysées. »

Les mains tremblantes, Carmela parvint à lire jusqu'à la dernière ligne.

Puis, les yeux toujours baissés, elle prononça d'une petite voix que la crainte entrecoupait :

– Pardonnez-moi... je vous en prie, pardonnez-moi... J'avais l'intention... de tout vous avouer... quand j'aurais pu le faire... sans danger.

– Êtes-vous en train de me confirmer que ce qui est écrit là est la vérité? fit le comte, incrédule.

Carmela ne put lui répondre tant sa gorge s'était nouée et il demanda au bout d'un instant :

– Si vous n'êtes pas ma cousine Félicité, alors qui êtes-vous?

– Je... je suis son amie... Carmela Lyndon.

Le comte se leva pour aller s'adosser à la cheminée; il dominait la jeune fille de toute sa hauteur.

– Je suis navrée, tout à fait navrée, chuchota-t-elle, mais Félicité... aimait lord Salwick... et cela, depuis... des années.

– Dans ce cas, pourquoi ne l'a-t-elle pas épousé plus tôt? demanda le comte, intrigué.

– Parce que... lord Salwick était... déjà marié... un triste mariage, certes. Sa femme était mourante...

Carmela sentit sur elle le regard dur du jeune homme, mais elle poursuivit bravement :

– J'ai... j'ai accepté de venir ici... pour Félicité... C'était son seul recours pour vivre avec... lord Salwick et... de toute façon... elle ne voulait pas qu'il soit informé... de sa fortune.

– Pourquoi pas? demanda le comte d'une voix abrupte et sèche.

Désespérée de le sentir si furieux, Carmela crut qu'elle l'avait perdu désormais, comme Félicité aurait pu perdre Jimmy.

Mais il attendait sa réponse et, au bout d'un moment, elle expliqua :

– Félicité savait qu'il était... fier... et qu'il refuserait alors d'épouser... une femme... si riche.

– De sorte qu'elle mentait à son futur mari comme vous-même me mentiez?

– Je... je sais bien que cela paraît... terrible et très... répréhensible, fit Carmela, mais c'était mentir... pour l'amour.

Elle respira profondément avant d'ajouter :

– Vous estimez les mensonges et les tromperies... toujours... détestables et jamais... excusables, je le sais bien, mais ils se justifient parfois... quand il s'agit d'empêcher quelqu'un de souffrir ou de perdre... la personne... aimée.

La voix de la jeune fille prenait des accents pathétiques pour défendre ce qui comptait pour elle le plus au monde.

Enfin, persuadée qu'il ne comprenait pas, ses yeux s'emplirent de larmes qui ruisselèrent sur ses joues. Elle se tordit les mains en balbutiant :

– Je vous en prie... je vous en prie... vous ne le croyez peut-être pas... mais je vous aime de tout mon cœur... de toute mon âme... et si vous me renvoyez, jamais... aussi longtemps que je vivrai, je n'aimerai personne d'autre.

Le comte fouilla son visage du regard comme s'il voulait voir au plus profond de son âme.

Carmela frémit, certaine qu'il n'y avait plus d'espoir et qu'il allait la chasser, mais le jeune homme sourit et ce sourire parut illuminer le salon tout entier.

– Ainsi, vous m'aimez! dit-il. Et moi je vous adore! Que devons-nous faire, Carmela?

Il avait prononcé son nom! Jamais encore elle n'avait rien entendu de plus merveilleux!

Elle se dressa d'un bond et resta debout tout près

de lui sans le toucher, pour le regarder seulement, comme si elle craignait d'avoir mal entendu.

– Je vous aime! fit-il. Et puisque vous n'êtes ni ma cousine ni ma pupille, les choses sont réellement beaucoup plus faciles.

– Voulez-vous... dire que... voulez-vous réellement...

– Oui, vous épouser.

Et le comte l'attira passionnément contre lui. Puis il l'embrassa avec une telle fougue que tout chavira autour d'eux; Carmela se sentit quitter la terre, il l'entraînait vers les cieux, déposait la lune dans ses mains et passait autour de son cou un collier d'étoiles. Un instant ils crurent être devenus partie intégrante de Dieu lui-même; Selwyn la serrait si fort qu'elle suffoquait presque.

– Avez-vous la moindre idée, ma petite tricheuse adorée, de la façon dont nous allons sortir de tout ce gâchis sans scandale?

Elle leva vers lui un regard plein d'appréhension et il expliqua :

– Vous vivez sous mon toit, avec moi, sans chaperon, et les parents que vous avez rencontrés ici trouveraient pour le moins surprenant de vous voir brusquement mariée sous un autre nom.

– Peut-être devrais-je... m'en aller... après tout.

Le comte se mit à rire tout en la gardant serrée contre lui.

– Vous croyez que je vous laisserai partir? Plus jamais vous ne pourrez m'échapper, mon trésor, et jamais plus vous ne me tromperez ni ne mentirez. Je prendrai mes précautions!

– Je n'en ai... nullement l'intention... Comment pourrais-je vous mentir... quand je vous aime si follement?

– D'ailleurs vous n'en aurez plus l'occasion, fit-il. Pourtant, nous allons devoir raconter ensemble quelques-uns de ces « mensonges d'amour », comme vous dites.

Il posa ses lèvres sur son front et Carmela devina sa pensée.

– Ressemblez-vous beaucoup à la véritable Félicité ?

– Oui, énormément, répondit la jeune fille, mais bien sûr, pour accentuer la ressemblance, j'ai adopté sa coiffure et je porte ses vêtements.

» Seulement... je ne vous ai pas dit... se hâta-t-elle d'ajouter... mais je n'ai pas... d'argent du tout. Mon père et ma mère sont morts. J'ai dû... travailler au presbytère... je m'occupais des enfants... du Révérend.

Sa voix avait pris une intonation triste et craintive, mais le jeune homme pressa plus fort encore ses lèvres sur le tendre visage avant de dire :

– Vous aurez assez à faire, à l'avenir, ma toute précieuse, avec nos propres enfants; quant à l'argent, j'en possède suffisamment pour n'avoir pas besoin du vôtre ni de la fortune de ma cousine Félicité.

Carmela eut un petit soupir de soulagement et il poursuivit :

– J'ai un projet, et je crois que nous devons le mettre en pratique immédiatement.

– Quel est-il ?

Le comte expliqua lentement, comme s'il échafaudait son plan au fur et à mesure :

– Nous allons partir pour Paris à la première heure. Là, nous irons trouver Félicité et son époux, et nous nous arrangerons alors pour que son mariage ainsi que le nôtre soient annoncés simultanément dans la presse anglaise, et particulièrement dans la *Gazette de Londres*.

Carmela en resta bouche bée et il continua :

– Vous m'avez dit que vous ressembliez à Félicité, n'est-ce pas? Eh bien, je désire que désormais vous soyez vous-même!

Carmela, qui n'osait pas comprendre, demanda d'une voix tremblante :

– Vous pensez réellement qu'à notre retour... les Gale pourront croire que je suis une autre personne? Et que Félicité est celle qu'ils avaient rencontrée ici, auparavant?

– Vous savez, les gens ne voient que ce qu'ils souhaitent voir, et quand vous porterez des robes françaises et aurez acquis, mon ange, le *chic* parisien, je suis sûr que nous parviendrons ensemble à les tromper avec suffisamment d'habileté, grâce aussi à ces fameux « mensonges d'amour ».

– Vous êtes si adroit! s'exclama Carmela. Mais oui, vous avez raison, ils ne remarqueront rien!

– Dans le cas contraire, nous ferons en sorte de les convaincre, dit le comte avec fermeté. Mais la seule chose importante, c'est que je vous veux pour femme.

Carmela frémit et, toute rougissante, cacha son visage contre l'épaule du jeune homme.

– Vous serez ma femme! dit Selwyn. Et je le désire aussi fort que la bataille a été rude pour vous vaincre.

– Mais maintenant... vous êtes... victorieux, chuchota Carmela.

Le comte lut l'amour dans les yeux de la jeune fille et vit ses joues se teinter de rose. Ses lèvres tremblaient un peu. Tant d'émotions diverses l'avaient secouée!

Il lui dit alors très doucement :

– J'adore votre visage, votre esprit charmeur et passionnant, votre corps si gracieux, mais plus que tout votre amour.

– Tout cela vous appartient, dit Carmela, comme

tout... ce que je suis. Dites-moi que vous me pardonnez! Je voudrais tant que vous me croyiez. Sachez que jamais... jamais plus... je ne vous mentirai... ni ne vous tromperai!

– Je le sais bien, dit le comte, et j'ai une telle confiance en vous, ma si belle, ma chérie. L'honnêteté et la bonté émanent de vous comme une lumière. Je vous crois de tout mon cœur, de ce cœur qui ne s'est jamais donné à personne sauf à vous.

– C'est si inouï, si merveilleux! Je conserverai ce trésor, à jamais! s'exclama-t-elle dans un cri de joie.

Son accent de bonheur fit sourire le comte et il la reprit dans ses bras, l'embrassa encore et encore, jusqu'à ce que le dernier doute s'efface dans l'esprit de Carmela : oui, il lui avait donné son cœur comme elle-même lui avait donné le sien!

Plus rien ne pourrait les séparer. Ils étaient liés, désormais, par un amour véritable et unique qui durerait l'éternité.

Achevé d'imprimer sur les presses de l'imprimerie Brodard et Taupin
58, rue Jean Bleuzen, Vanves. Usine de La Flèche,
le 25 octobre 1985
6929-5 Dépôt légal octobre 1985. ISBN : 2 - 277 - 21899 - 5
Imprimé en France

1899
★★

Editions J'ai Lu
27, rue Cassette, 75006 Paris
diffusion France et étranger : Flammarion